CESAR LEANTE

CALEMBOUR

EDITORIAL PLIEGOS

MADRID

© Editorial Pliegos
EDITORIAL PLIEGOS
Gobernador, 29 - 4.º A - 28014 Madrid
Apartado 50.358

ISBN: 84-86214-41-6
Depósito Legal: M-36213-1988

Printed in Spain - Impreso en España
por COFAS, S. A.
Polígono Callfersa, nave 8
FUENLABRADA (Madrid)

pliegos de narrativa

CALEMBOUR·

PORTICO

CON UN TEMBLOR NACE EL DIA sobre la ciudad. Comienza a agitarse en la neblina de la madrugada; se abre como una onda sobre los techos silenciosos, de la reluciente cúpula de Palacio a los enmohecidos tejados de la Víbora. La impulsa un viento eléctrico, su camino es un delgado alambre, y luego un alarmante repiqueteo en la oscuridad. Suena a la vez en miles de residencias, no hace elección: escandaliza por igual en las alcobas refrigeradas del Country, de Miramar, de los islotes del Vedado o en las salas enjalbegadas del Cerro, en los comedores de muebles a plazos de Luyanó, sobre mesitas de hierro con la guía telefónica en el revistero, una *Bohemia* con portada en clave y *El País* abierto en las páginas deportivas. El amante tardío refunfuña déjalo que suene, y ella, no, mira a ver quién es, luego seguimos; la madre cuyo hijo aún no ha vuelto se levanta de un salto, el oficinista confundiéndolo con el timbre del despertador. Una mano torpe descolgando el receptor, una voz soñolienta exhalando un qué hay como un vaho pastoso, y luego, de súbito, unos ojos que se abren en toda su redondez, de alegría o de miedo, borrando todo rastro de sueño. Después esa misma mano —ahora no es torpe sino febril, trémula— sacude con terror o con júbilo cuerpos familiares rendidos en la cama, o estremece otros, distantes, hundiendo el índice en los huecos del disco telefónico. Así las llamadas se multiplican, se entrecruzan, se tejen en una apretada malla que, lanzada desde el cielo como una red, se va cerrando sobre La Habana, apresándola, recogiéndola. La ciudad es un gigantesco timbre sonando en miles de lugares a la vez, un enloquecido temblor de voces.

Con la luz las puertas comienzan a abrirse poco a poco, con sigilo, temerosas aún. Giran unas pulgadas y una cara borrosa ocupa el mínimo espacio entre la hoja y el marco mientras el batiente se desliza sobre un chirrido de metales frotándose y la lista de luz aplasta otro semblante y aisla en una franja los ojos subrepticios que acechan detrás de las persianas. Luego esas puertas se abren del todo, una tras otra, simultáneamente, de golpe, en un escándalo vertiginoso que inunda irreparablemente la ciudad. Se descorren cerrojos, se hacen girar cerrduras, se despliegan ventanas y La Habana deja de ser un gigantesco timbre para convertirse en una delirante sinfonía de maderas chocando, goznes gimiendo, hierros golpeándose. Sólo las voces no son sustituidas. No hay reemplazo para ellas. Por el contrario, crecen, se hacen más intensas, se escurren de puerta a puerta, se descuelgan de balcones, saltan de portal en portal, atraviesan calles; surgen de todas las bocas imaginables, de pantuflas de cuero, de chancletas de madera, de pijamas abultados en las rodillas, de camisones que transparentan senos y muslos desbordados, de batas de casa pudorosamente apretadas contra el pecho, de pelos enmarañados y ojos legañosos.

—Huyó. Se fugó esta madrugada.

—No está confirmado. Ni el radio ni la televisión han dicho nada.

—Pero todo el mundo lo sabe.

Todavía esas voces no recorren las calles. Las saltan, pero no las circulan. Invaden el aire acuoso desde lugares fijos, desde espacios de seguridad. Se arraciman junto al radio, frente al televisor. Se asoman afuera un momento y entran de nuevo. La calle sigue siendo el peligro que atrae y atemoriza al mismo tiempo.

—No hay que confiarse. Ya Machado lo hizo en el 33. Echó a correr la bola de que había caído y cuando el pueblo se tiró a la calle lo ametralló. Es mejor esperar.

Y las calles esperan también. Vacías, extrañan el paso de los vehículos, el rebote de las pisadas humanas en sus aceras.

Desde la medianoche no recuerdan haber vuelto a sentir sobre su lomo la pesada rueda de un ómnibus o un camión, ni siquiera la de un automóvil. ¿Qué se ha hecho de los carros de los lecheros que las rociaban de un agua blancuzca, de los panaderos empujando sus rodantes cajas verdes, de los apresurados repartidores de periódicos? Tampoco abren sus puertas los comercios. Ni siquiera las cafeterías. ¿Dónde van a desayunar los que tienen que llegar temprano al trabajo? Pero parece que hoy nadie piensa en trabajar. ¿Se ha vuelto loca la gente? No hacen más que hablar y hablar. ¿Por qué no se visten, por qué no salen? ¿Qué hacen todavía dentro de sus casas?

Poco a poco empiezan a salir. Manos mujeriles tratan de retener a los osados. Pero en toda la ciudad son miles los brazos que se desprenden de esas manos, y en cortos minutos millares de pisadas resuenan en las aceras. Al principio son pisadas temerosas; se estacionan en el umbral de la casa que acaban de abandonar; se desplazan hacia la de al lado o la de enfrente; se unen a otros pasos y, multiplicados, ya más seguros avanzan hacia la esquina, donde se suman a otros pasos. Hay grupos de pasos por todas partes. Y el rumor pasa del interior de las casas al espacio abierto de las calles. Las voces ya no están dentro sino fuera. Ahora van y vienen en el aire libre, prolongándose en todas direcciones. Sustituyen a los hilos eléctricos del teléfono. La comunicación se establece directamente, de boca a boca, en vivo. Se va de un grupo en otro oyendo la misma noticia referida de mil maneras. Del Malecón a las desparramadas viviendas de Mantilla una misma conversación abejorrea, borbotea, zumba llevada y traída como una ola por el bullente hormiguero humano.

Y he aquí que de pronto los vehículos empiezan a aparecer. En cuestión de segundos pueblan avenidas y callejuelas, hacen sonar estrepitosamente sus bocinas. Automóviles cargados de bocas vociferantes, de puños alzados, de armas que asoman por las ventanillas. Gritos rodantes, gritos estacionados: viva Fidel, viva el 26 de Julio, abajo Batista, abajooo, revolución, revolución, revolución. Banderas cubanas y del 26 de Julio flamean repentinamente, penden de azoteas y barandales, adornan puertas y enrejados, envuelven cuerpos y encapotan vehículos. Individuos que jamás se han visto antes se abrazan como hermanos. La calle es ahora un glorioso hervidero humano.

Se vive en ella. La gente marcha en columnas por la avenida de Diez de Octubre, por Luyanó, por la Calzada de Infanta, por San Lázaro, gritando, pintando letreros en las paredes, sacudiendo banderas y pancartas; se asaltan estaciones de policía; vengativos parqueadores destruyen los parquímetros que los han. desplazado; se destrozan los salones de juego, desde las máquinas traganíqueles del hotel Deauville hasta las de 'deportes mecánicos' de Prado y Neptuno; arde la casa de Pilar García, se vuelcan automóviles oficiales; pero no se roba, se destruye; nadie quiere llevarse nada: triturar es lo que se desea. La cacería de chivatos se despliega. No se maltrata mucho a los que no oponen resistencia, unos cuantos puñetazos, algunas patadas y una lluvia de escupitajos. Son concentrados en estaciones de policía y edificios públicos. Los papeles se han invertido: ahora, en las comisarías, los que están detrás de las rejas son los gendarmes y sus soplones.

¿De dónde han salido tantas armas y tantos uniformes verdeolivo? Todos ansían tener un arma, mostrarse con ella, y si es posible, disparar. Se busca a los chivatos no tan sólo para apresarlos, sino por el deseo de realizar una acción. Es una manera de resarcirse por no haber peleado en la Sierra o actuado en la clandestinidad. Como una catarsis se quiere hacer ahora, en unos minutos, lo que no se hizo antes en años.

Las manifestaciones se encaminan a la Universidad. Ha sido siempre el lugar más combativo de la ciudad y de tácito acuerdo la multitud se congrega allí. Piden armas, surgen líderes improvisados que enronquecen arengando a las masas: se les aplaude, se grita con ellos. Y ellos bajan de muros y barandas, y hasta de hombros humanos, con la severa mirada de los guiadores de pueblos, y el pelo revuelto.

Mas así, movido por el incontenible impulso de hacer algo: ponerse un brazalete del 26 de Julio, subir la escalinata universitaria, reclamar un arma, cerrar una calle, romper una mesa de juego, trepar a un automóvil y recorrer locamente La Habana, entregarse furiosamente a la caza de esbirros, andar y gritar simplemente, este pueblo, turbulento e imprevisible, se adueña por un momento del destino de un país. Juguete de un torbellino cuya magnitud se le escapa, pero que él mismo provoca y en el que gira vertiginosamente, enloquecidamente, es la revolución. Si de algún modo puede figurársela, tiene su rostro: no otros rasgos le caben.

Acodado en la baranda del balcon, Rey consideró la porción de ciudad que su mirada abarcaba. En realidad no la consideró sino que automáticamente desplazó la vista sobre el abigarrado conjunto de edificios que se esparcían debajo de él, blancos casi todos a la obscena, avasalladora luz del mediodía; por el entramado de calles, la curva del Malecón encintado de espuma en los arrecifes, el canal de la bahía guardado por la farola del Morro como una columna de piedra caliza en el límite de la tierra, y el espléndido mar verdiazul a su izquierda. Quince pisos abajo vehículos y gente parecían deslizarse silenciosa y retardadamente, como accionados a cámara lenta o como si se movieran en un fondo marino. Envueltos en el espeso calor, los ruidos subían sin estridencia y los desbordaba la música de jazz que brotaba del apartamento —un disco de Charley Parker que giraba en el tocadiscos portátil instalado en la sala.

La aspereza del cemento en sus codos le molestó y Rey se enderezó. Encendió un cigarrillo que buscó en el bolsillo de la camisa. Era el último que le quedaba y luego de colocárselo en la boca estrujó la cajetilla, cuya envoltura de celofán crujió gratamente en su mano. La arrojó por el balcón y siguió su oscilante caída hasta que llegó al pavimento. Entonces entró en el apartamento, donde el disco llegaba a su fin; le dio vuelta y colocó la otra cara bajo la aguja. Luego se sentó en el sofá echando la cabeza hacia atrás y encaramando los pies encima de la mesita del centro. Chasqueó los dedos siguiendo el desgrane lento del saxofón de Charley. Luego le dio la última fumada al cigarro, aplastó la colilla contra el fondo de una jícara pulida y labrada y pintada en su exterior que hacía las veces de cenicero, y llamó en voz alta:

—Clara.

Una quebradiza voz femenina brotó de algún aposento interior.

—¿Qué?

—Prepárame un trago, ¿quieres?

—Ahora no puedo.

—¿Por qué no puedes?

—Es que estoy en el baño.

—¿Y qué estás haciendo?

—Ya te lo dije, estoy en el baño.

—Sí, pero haciendo qué —insistió Rey.

—Orinando —dijo Clara.

Y Rey dijo:

—Pues mea feliz y contenta, hija mía, que yo mismo me lo prepararé.

Tarareando 'Lágrimas negras' fue al bar, sacó una botella de Bacardí extraseco, llenó hasta la mitad un vaso pequeño, de grueso cristal y forma octogonal, le añadió hielo y lo agitó suavemente. Clara entró en el momento que Rey volvía al sofá. Era delgada, más bien alta y con unos ojos redondos que parecían siempre azorados.

—Quiero que sepas que eres un sucio —le dijo a Rey.

Y Rey dijo:

—Está bien, me bañaré.

Se acomodó de nuevo en el sofá volviendo a encaramar los pies sobre la mesita, y sorbió un trago. Clara quedó de pie frente a él.

—¿No me preparaste uno a mí? —le reprochó.

—No me dijiste que querías.

—Podía habérsete ocurrido.

—Lo siento, no tengo imaginación —y Rey bebió otro sorbo.

—Debías tenerla, ¿no eres escritor?

—Oh, los escritores imaginativos desaparecieron con Víctor Hugo. Los actuales tenemos fórmulas.

16

Una racha de aire levantó la falda de Clara y sus muslos quedaron a la intemperie; pero Rey no los miró: paisaje demasiado habitual. Sin embargo, Clara se cubrió y se sentó al lado de Rey. Miró su perfil.

—¿A qué hora es la reunión? —preguntó.

—A las ocho.

El disco paró y se sintió la aguja raspando las estrías sin música. Pero Rey no se movió. Fue Clara quien apagó el tocadiscos haciendo cesar aquel molesto ruidito.

—¿Y dónde será? —volvió a preguntar trepando las piernas al mueble. Eran tan finas que cuando las cruzó dio la impresión de que se enroscaban la una en la otra. Tenía el busto alzado, pero sus pechitos apenas hendían la blusa de algodón.

—¿Qué cosa?

—La reunión.

Rey dijo desganado:

—En la redacción.

—¿Puedo ir contigo? —dijo ella con cierta viveza.

—No.

—¿Por qué no?

—Porque te aburrirías. Es para discutir cómo será la revista...

—No importa, me gustan las reuniones de los intelectuales... Son muy divertidas... dicen cosas que no se oyen en otra parte...

—No ésta, ésta va a ser muy densa, pues habrá que hablar de política, de revolución...

Clara casi lo interrumpió:

—¿Y por qué?

—Porque va a ser una revista revolucionaria.

Clara hizo una pausa.

—¿Y no sería mejor que fuera simplemente una revista?

—Y lo será. Pero quiéraslo o no cualquier cosa que hagas ahora tiene que ver con la revolución.

Clara hizo una nueva pausa y dijo bajo, como apesadumbrada:

—Sí, eso es lo malo, que ahora todo es política. Revolución por aquí, revolución por allá. Todo el mundo parece haberse vuelto loco. Este país está trastornado.

Rey apoyó el vaso contra sus labios y bebió despaciosamente.

—Es una realidad —dijo ambiguamente.

Clara se enderezó en el sofá, inquieta.

—Yo no quisiera que la política tuviera que ver conmigo. No me gusta. Mis padres nunca se metieron en política, y de hecho yo en mi vida he tenido que ver con la política.

—Estamos hablando de revolución —opuso Rey tenuemente.

—¡Es lo mismo!

—Te parece a ti.

—Bueno, con que me parezca a mí es suficiente. Una es lo que le parece a una.

—Filosófica estás, como diría Rocinante —se mofó Rey.

Clara pasó por alto la burla, que de otra parte no entendió, e insistió en lo que evidentemente le preocupaba, como si le produjera escozor:

—¡No me gusta nada lo que está pasando!

Rey se alarmó o fingió alarmarse.

—¿Que no te gusta lo que está pasando?

—No.

El mismo asombro parecía haberse congelado en la cara de Rey. Preguntó con cautela:

—Entonces... ¿no te gusta la revolución?

Clara vaciló inquieta.

—No sé... no me atrevería a tanto. Supongo que la revolución será un bien para el país. Por eso se hizo... Pero me saca de quicio que no haya un momento de tranquilidad, que todo sean discursos y consignas y desfiles...

—La revolución es un sacudimiento social —sentenció Rey con poca convicción, más bien como si fuera su deber rebatirla.

Clara no lo escuchó. Estaba como ensimismada. Y ahora pareció igualmente dirigirse a sí misma cuando dijo con un cierto temblor en la voz:

—Sabes una cosa... Sabes en lo que estoy pensando.

Rey aguardó, pero por fin preguntó:

—¿En qué?

Clara habló sin mirarlo.

—Hablo como mujer, desde mi punto de vista. Y como mujer te digo que para mí la revolución es como el amor.

—¿Como el amor?

—Sí...

Rey no pudo evitar hacer una frase:

—Bueno, en cierta forma la revolución es como un gran acto amoroso.

—No, no me refiero a eso... tan simbólico. Me refiero al amor físico, como lo siente una mujer. Algo así. Cuando lo conocemos por primera vez nos parece maravilloso, todo es color de rosa, una ilusión. Pero si pasa un mes y no nos baja el periodo, empezamos a preocuparnos; si caemos en estado y nos hacemos el aborto, nos sentimos sucias y hasta un poco criminales; si tenemos el hijo... entonces el amor es levantarse de madrugada a cambiarle el culero porque se ha meado o a darle su toma de leche... Tú estás en tu luna de miel con la revolución... Pero eso no va a durar. Se acabará y entonces a lo mejor te parece fea y odiosa... En fin, como si yo quedara embarazada.

FRANCISCO HABIA BAJADO DE LA SIERRA con unas barbas desparramadas y vastas. Estaba más flaco, como todos los que habían
estado en la guerrilla. Ni aun la enmarañada pelambre conseguía
ocultarle los pómulos agudos, la tensa piel cobriza de su rostro.
El pantalón se le recogía en pliegues alrededor de la cintura
y caminaba con ese andar curvado y bamboleante de los que
se han acostumbrado a subir y bajar montañas. Barba de
patriarca y tristesojosmansos. Sin embargo, no era difícil rela-
cionarlo con el de antes, con el Francisco anterior al golpe
de Batista. ¿Escribía? Sí, pero en realidad nunca publicó nada,
o muy poco. Amigo de un gran número de artistas, sin embargo;
en verdad de casi todos. Por lo menos de los pintores. No
eran tantos al fin y al cabo. Participaba cotidianamente en sus
tertulias del café Las Antillas. Jóvenes poetas y pintores,
hambrientos dos veces: de pan y de gloria, que soñaban con
largarse a París, o más modestamente con ser publicados en
Inicios, con exponer en el Lyceum o en el tinglado que la
Dirección de Cultura armaba en el Parque Central en días de
celebración, que caminaban con la vista pegada al suelo en
la esperanza de toparse de ojos con alguna moneda, que asistían
al correteo de las putas espantadas de las calles céntricas por
la policía, que se trababan en feroces discusiones frente a tazas
de café cuya última gota ya había sido arduamente lamida, a
dos puertas escasas de La Cueva de los Mochuelos, la 'casa
de dormir de hombres solos' donde muriera Ponce un año atrás
soltando los pulmones por la boca.

Bien, ahora Francisco es todo un personaje. Figura decisiva
en el ambiente cultural. Por supuesto que se había ganado
valientemente esta posición y no parecía que los humos se le
hubieran subido a la cabeza. Quizás un poco más seguro de

sí, más dueño de su persona. Pero esto era natural. Las actividades en que tomara parte desde que se incorporó al movimiento insurreccional le habían dado ese dominio. Los nuevos, es decir, sus amigos de antes, habían vuelto a rodearlo. También algunos de más inmediata promoción. Todos lo rondaban, querían estar cerca de él. No había supuesto escritor, pintor, inclusive cineasta que no merodease por su oficina. Ciertamente no era oportunismo, sino búsqueda de oportunidad. Se había vivido mucho a la sombra y era hora ya de ver la claridad. Tal vez las cosas cambiaran y había que estar alerta. Aunque por el momento no se pensaba mucho en ello. La revolución era la preocupación medular de casi todos; se vivía prácticamente en función de ella y se miraba en su torno como si se le diera vuelta a una noria. Era la palabra más socorrida del idioma y no había lengua que no la pronunciara. Ahora bien, ¿qué era, qué era?

En fin, Francisco había bajado de la Sierra con unas barbas patriarcales y pronto corrió la noticia de que iba a fundar una revista literaria. Bien, ¡entonces a revisar gavetas y a desempolvar cuartillas inmortales que esperaban anhelantes por el crujido de las prensas!

CUANDO LLEGO A LA REDACCION hacía rato que los otros estaban esperándolo, y a Rey se le antojó que como una manada de gatos hambrientos apostados ante un latón de basura que despedía un atormentador olor a pescado: Alvaro con sus ojos como aquejados de conjuntivitis crónica, la cara pálida envuelta en el humo de su tabaco y una greña fofa cayéndole sobre la frente; Ovidio, seco y huesudo, sentado con las piernas tan trenzadas que Rey estuvo a punto de deslizar el error que fingía cometer cuando cambiaba la v de su nombre por una f, llamándolo Ofidio en vez de Ovidio; como dos pajes sospechosos lo flanqueaban sus discípulos Víctor y Orestes. Israel estaba reclinado en la baranda que limitaba, como un corral, el espacio donde trabajaba el jefe de emplane, y con su faz roja y sus manos sudorosas escuchaba con una expresión casi de angustia lo que se decía. Ocupando una butaca de muelles, Loredo oía también, pero la sonrisilla forzada que le cuarteaba la cara testimoniaba que lo hacía de mala gana, pues no le gustaba escuchar sino ser escuchado y bastaba la menor incitación para que se desenrrollara como una pianola en una disertación inacabable. Al fondo estaban las máquinas donde se imprimía el periódico y el ruido de éstas, y un incisivo olor a tinta de imprenta les entraba por oídos y narices. Pero lejos de molestarles acogían aquel ambiente como el más apetitoso del mundo; porque detrás del estrépito de las rotativas y del tufo entintador estaban ellos, estaban los artículos que habían escrito, estaban las palabras que meticulosamente habían elegido y tecleado en sus maquinitas de escribir. Y era como si aquellos estertores les anunciaran el nacimiento de sí mismos en un hospital alcanforado.

Al llegar Rey, Loredo se levantó para cederle la butaca, pero Rey la desestimó y tirando la pierna derecha sobre una esquina del buró, se instaló allí. Traía el saco echado sobre el hombro, las mangas de la camisa recogidas hasta los codos y la corbata desajustada. Era típico en él. Se trataba de un atuendo cuyo desaliño producía la impresión de que venía de algún lugar —importante sin duda— donde había tenido que guardar la etiqueta y ahora aprovechaba para ponerse cómodo. Como Alvaro, un rollizo tabaco se insertaba entre sus dientes, sólo que el suyo semiapagado. Pidió disculpas por haberlos hecho esperar, dijo vagamente que no había podido venir antes y pasó de inmediato al asunto que lo llevaba a reunirse con ellos.

—Francisco me ha pedido que dirija una revista cultural que piensa sacar y los cité aquí para discutir sus detalles con ustedes.

Nadie dijo nada, pero todos los ojos se agarraron de Rey, que bajó la cabeza para sacudir la ceniza de su tabaco. Alvaro ya estaba a su espalda, como brindándole apoyo, y se escuchó el chirrido de la butaca giratoria arrastrada por Loredo para acercarse al buró.

—¿Qué clase de revista? —se decidió finalmente a preguntar Orestes con voz sofocada.

—Una revista cultural, ya lo dije. Pienso que debe incluir trabajos de ficción, críticas de literatura, de cine, de artes plásticas, notas... En fin, una revista que recoja todos los aspectos de la cultura.

—¿Y cada qué tiempo saldrá?

Rey le dirigió la mirada a Víctor.

—Será mensual. Y Francisco quiere que saquemos el primer número para principios del mes que viene.

—¿Tan pronto? —se alarmó Orestes—. Estamos a once. Sólo nos quedan unos veinte días...

Emergiendo de la espalda de Rey, Alvaro ocupó uno de sus costados.

24

—Estamos en una revolución, compañero —intervino con su voz más rotunda, empleando un tono tan impositivo que era en verdad un ordeno y mando—. En menos de veinte días Fidel desbarató la ofensiva del ejército de Batista y en menos de tres meses la revolución ha hecho más por Cuba que cincuenta años de república. Hay que adecuarse a la dinámica revolucionaria. Yo creo que veinte días es tiempo más que suficiente para sacar la revista.

La parrafada aleccionadora ocasionó un nuevo silencio. Orestes quedó anonadado, como sepultado bajo la catarata preceptiva que se le desplomó encima. Alvaro succionó su tabaco y expulsó el humo espiando a hurtadillas la expresión de Rey. Este encaró a Ovidio.

—¿Y tú qué opinas, Ovidio? No has dicho nada, no hemos podido saber lo que piensas—. Había una cordialidad en la voz de Rey que molestó a Alvaro, como si aquella manera de hablarle a Ovidio implicara una deferencia.

—Yo estoy de acuerdo... A mí me parece bien... Hace falta una revista cultural. El momento lo está pidiendo a gritos. Claro, lo que ha dicho Orestes es cierto, no tenemos mucho tiempo. Pero creo que si hacemos un esfuerzo podemos sacarla a principios del mes que viene, como tú has dicho que Francisco quiere. Ahora, me parece que hemos comenzado por el final. Lo primero sería saber quiénes serán sus colaboradores, quiénes van a escribir en ella.

Rey bajó la pierna del ángulo del escritorio, dejó el saco encima de la tapa y dobló el brazo para apresarse el pelo por detrás de la cabeza. Era un ademán que repetía con frecuencia, casi característico en él.

—Bueno... —dijo con momentánea vacilación—. Habrá un cuerpo de redactores... cuatro o cinco, no se ha fijado exactamente el número. Serán empleados a sueldo de la revista. Pero aceptaremos colaboraciones. Y no sólo las aceptaremos sino que debemos buscarlas, pedirlas. Se pagarán, naturalmente.

—¡Albricias! —voceó Loredo extrayéndole un nuevo quejido a la butaca al agitarla con su amplia anatomía, y clarificó las arrugas de su cutis al ensanchar la sonrisita que le mantenía los dientes perpetuamente a la intemperie—. ¡La era de la mendicidad literaria va a concluir! Si seguimos así, quizá algún día podamos decir: ¿Se acuerdan de aquella época en que además de no pagarle a uno por lo que escribía había que rogarle o caerle en gracia al director–propietario de una revista para que se lo publicasen? Va a parecer cosa de fábulas.

Orestes no pudo resistir la tentación de largar el chiste que le ardía en la punta de la lengua.

—Bueno —dijo acompañándose de una risita gozosa—, mientras sea de la mendicidad, pase; porque de la mendacidad, jamás. Si no, ¿qué va a ser de nosotros?

Hipó unas carcajaditas de Celestina que únicamente Víctor festejó.

Esquivando la poco eficaz intromisión de Orestes, Rey dijo muy seria, muy oficialmente:

—Pagar las colaboraciones es el primer paso para la profesionalización del escritor en Cuba.

Antiguo armador de alguna que otra revista literaria que no rebasó el cuarto envío, Ovidio se consideró en la obligación de replicar:

—Si no se pagaban las colaboraciones era porque no se podía. No había con qué. Todo el mundo sabe que esas revistas daban pérdida. Ni se vendían ni le interesaban a nadie. los ejemplares que se mandaban a las librerías, en consignación, se morían de aburrimiento esperando a los compradores, hasta que las polillas daban cuenta de ellos. Las poquísimas revistas literarias que existieron en Cuba se mantenían gracias a que alguien corría con sus gastos... o a que se hacía una ponina general.

—¡Claro! —espetó Alvaro cruzando los brazos sobre el pecho—. ¡Como que servían para que unos cuantos analfabetos se las dieran de cultos! Conocemos a esos mecenas tropicales y sabemos perfectamente a qué se debía su filantropía. ¡Jugaban a la cultura! Se entretenían editando revistas literarias como sus señoras mamás jugando canasta en el Havana Yatch Club...

Ovidio quiso atajarlo:

—Estás equivocado...

—Era un jueguito de la burguesía como otro cualquiera. la cultura vestía bien, era chic hablar de Proust y de Joyce, aunque en su puñetera vida los hubieran leído. ¡Por eso ninguna de esas revistas tenía nada por dentro, todas estaban vacías ideológicamente!

—¡Estás equivocado! —repitió Ovidio poniéndose de pie y encarándosele con energía—. Y no tienes derecho a hablar así. Esas revistas cumplieron una función.

—¿Cuál? ¿Qué función cumplieron? Me gustaría saberlo.

—Por lo pronto la de divulgar la cultura entre nosotros. De no haber sido por esas revistas cuántos nombres importantes de la literatura mundial no ignoraríamos ahora. Aparte de que nuestros escritores tuvieron en ellas un lugar donde publicar sus cosas.

—El grupito, la piñita de siempre— desdeñó Alvaro torciendo la boca.

Ovidio lo miró rectamente.

—Tú lo que sientes es no haber formado parte de ese grupito, de esa piñita— dijo con lentitud—. Por eso hablas así.

Alvaro adelantó el rostro congestionado.

—¿Yo? ¡Qué poco me conoces! A mí nunca me interesó publicar en esos bodrios. Yo siempre supe muy bien cuál era mi lugar. Yo sí que no le hice el juego a la burguesía... ni a la dictadura.

—¿Y quién se lo hizo? —La voz de Ovidio se expelió temblorosa y cascada—. ¿Quién le hacía el juego a la dictadura?

—Esas revistas. Porque mientras se peleaba en la Sierra y en las ciudades los revolucionarios eran asesinados, ustedes seguían publicándolas...

—¡Eso es una calumnia! —Ovidio lo interrumpió vigorosamente, pero con el semblante demudado—. La que yo dirigía la cerramos en el 56, precisamente para no hacerle el juego a Batista. ¡Estábamos muy conscientes de eso!

Enarbolando su tabaco como una antorcha amenazante o como una pipa de la paz, Rey se interpuso entre los contendientes.

—Bueno, terminen la discusión. Aquí no hemos venido a sacar trapos sucios sino a ponernos de acuerdo para editar una revista. Apelo a Guillén: 'El pasado pasado ya ha pasado, la nueva vida anuncia nueva vida'.

—Es que la concepción que se tenga del pasado es determinante para el futuro—se empecinó Alvaro.

Rey le puso una mano en el hombro.

—Aquí todos somos revolucionarios, Alvaro. Podremos tener puntos de vista distintos respecto a muchas cosas: estéticas, ideológicas, hasta políticas. Pero estamos con la revolución. Hay que partir de ese hecho. A mí no se me hubiera ocurrido citar a ningún batistiano a esta reunión. ¿De acuerdo?

Alvaro declinó la cabeza mordiendo la punta de su tabaco, que escupió en hilachas agrias y parduzcas. Ovidio volvió a sentarse y montando una pierna sobre otra balanceó aceleradamente la jinete. A su lado, Orestes se cubría casi todo el mentón con la mano derecha. Su rabia era ostensible, pero no estallaba como la de su maestro. La refrenaba aguardando una ocasión más propicia para ejercerla. Esta se presentaría. Entonces él tendría oportunidad de demostrarle a Alvaro todo el desprecio, toda la repugnancia que le inspiraba. No era más que un arribista, un oportunista. La ola de la revolución lo había alzado momentáneamente —parecía gozar de la confianza de Rey, y aún de la del propio Francisco—, pero ya lo barrería también. Era cuestión de tiempo, de saber esperar. Loredo ya no sonreía y su faz de arcilla resecada al sol ofrecía una cocción absoluta. A pesar de su corpulencia, las discusiones y las peleas lo anonadaban. Su campo de batalla no era el físico sino el mental. Israel, que había asistido al enfrentamiento con el aire más ausente, dijo con una inocencia que resultó salvadora:

—¿Y cómo se va a llamar la revista? ¿Qué nombre le vamos a poner?

Rey lo miró como agradeciéndole la candorosa intervención y se le acercó.

—Me alegro de que hayas hecho esa pregunta —dijo—. Porque era uno de los puntos que quería discutir con ustedes. Entre todos debemos buscarle un nombre a la revista. Yo he pensado en algunos, pero...

Dejó la frase en suspenso, como una invitación a los demás para que hablasen. Pero nadie despegó los labios. Rey aguardó un tiempo prudencial y luego les pasó la vista por encima, incitándolos a que hicieran sugerencias.

—Pienso que debe ser un nombre de impacto, que golpee —teorizó Alvaro buscando tomar la delantera—. Algo que esté a la altura del momento que vivimos. Nada de sutilezas ni exquisiteces. Un nombre contundente, revolucionario...

—Sí, que esté piedra —lo secundó Israel golpeando la baranda con los nudillos.

Una expresión de burla asomó a los ojos de Orestes.

—Eso es lo que yo llamo hablar gráficamente —comentó—. Que esté piedra...

Israel no entendió o pasó por alto la ironía, pues volvió a golpear la madera como martillando un concepto o como quien toca a una puerta que no le quieren abrir.

—Sí, piedra, duro...Un nombre que sea un tiro.

—En ese caso —observó Orestes con el mismo tono de burla— podríamos usar como título la marca de un rifle o de una pistola. Winchester, por ejemplo, o Colt 45.

—No estaría mal —consideró Alvaro—. Si supieras que no me disgusta...Sería novedoso...

—Sólo que no sabríamos que hacer con la revista —comentó Loredo—. Porque que yo sepa ninguno de nosotros sabe disparar.

Alvaro giró rápidamente la cabeza hacia él.

—Eso te crees tú...No sabrás tú...

—Sí —cortó Rey el ímpetu belicoso de Alvaro— y le pediríamos a la Smith and Wesson que la patrocinara y a Pecos Bill que fuera su director.

La carcajada que emitió Israel clausuró la pendiente guerrera por la que amenazaba rodar el careo. Unicamente la faz de Ovidio era de franco disgusto.

—Me parece que nos estamos portando como unos mocosos —hizo saber con su voz más incómoda—. Si seguimos así yo me voy. Porque para perder el tiempo...

Se revolvió en su asiento, en un ademán real o fingido de levantarse. Rey, a quien no le molestaba en lo más mínimo el giro que había tomado la conversación —por el contrario, se sentía a sus anchas en ella y en otras circunstancias habría prohijado su incongruencia más completa—, creyó sin embargo que estaba en la obligación de enderezarla, y dijo:

—Bueno, hablemos seriamente como ha propuesto, con muy buen juicio, Ovidio. ¿Quién propone un título? Vamos, se supone que estamos entre intelectuales, gente que siempre tiene una idea brillante en la punta de la lengua.

De nuevo circuló la mirada, depositándola brevemente, con un resplandor de irónico desafío, en cada uno de ellos, exceptuando a Ovidio cuya severidad no quería enfrentar.

—Yo sugeriría Presencia —dijo Orestes.

Miró exclusivamente a Rey, como si no le interesara más que su reacción; pero en el fondo porque temía que su propuesta despertara risas o réplicas mordaces en los otros. Sin embargo, nadie hizo ninguna observación y Orestes se sintió aliviado. Rey se frotó el mentón.

—¿Por qué Presencia? —preguntó.

Orestes fue rápido en su respuesta.

—Porque me parece que nos identifica. Sería algo así como nuestra carta de presentación. Con ese título estaríamos dando a entender que aquí estamos nosotros, los de la nueva generación...y que hay que contar con nosotros.

Rey trasladó su mano hasta la nuca, donde se apresó un mechón de pelo. Se volvió hacia los otros.

—¿A ustedes qué les parece?

—Yo lo encuentro muy flojo —se dio prisa en objetar Alvaro—. No dice nada, no tiene fuerza. La explicación que ha dado Orestes es inconsistente. Nadie va a pensar en nosotros por ese título. A mí me suena a centro espiritista o a logia masónica.

—A mí tampoco me gusta —intercaló Israel.

—Hay que buscar algo más directo, más vigoroso —siguió Alvaro—. Estoy de acuerdo en que debe ser un título que nos identifique, que anuncie a nuestra generación, la generación de la revolución...Pero no ése.

Orestes se congeló como un trozo de hielo después de buscar, con un anhelante rastreo de pupilas, la solidaridad de su dómine Ovidio. Al no hallarla se sepultó en sí mismo. Rey dejó que prosperara aquel sentimiento de ineficacia que los consolidaba a todos. Sabía que no habría proposiciones por miedo a la lengua de Alvaro. Entonces decidió retar abiertamente a éste.

—Y a ti Alvaro, ¿no se te ocurre ningún título?

El tiro fue efectivo. Para satisfacción de todos se vio titubear a Alvaro, sacudir la cabeza con aquella pelusa de maíz encima de la frente, agarrotar su tabaco, eludir la mirada de Rey.

—Bien —lo oyeron tartamudear—...así de momento...de improviso...no se me ocurre ninguno...—Fue recuperándose—. Pero creo que cualquiera que elijamos debe llevar la palabra revolución...Tal vez algún nombre compuesto...Pero que incluya la palabra revolución...

Ovidio pensó que se inclinaba por la solución más cómoda. La palabra que estaba en boca de todo el mundo, que era una suerte de ábrete sésamo. Pero se cuidó de decirlo.

—Yo creo que el título es lo de menos —se aventuró repentinamente Israel—. Para mí se trata de una convención, por lo que no vale la pena romperse la cabeza buscando uno original, único; al final cualquiera sirve. Vean por ejemplo *Bohemia*, *Vanidades*, *Carteles*...¿Quieren nombres más ridiculos, más cursis? Sin embargo, la gente, y uno mismo, los dice sin pensar en su significado. Por hábito se han convertido en algo así como una marca de fábrica.

Sorprendió su argumentación, especialmente por provenir de quien venía. Y contribuyó a deshacer la atmósfera de responsabilidad en que todos se sentían sofocados. Rey aprovechó su exposición para salir él lo más airoso posible a la vez que dejar establecida su autoridad.

—No estoy de acuerdo —objetó—. El título es importante. No es lo mismo que una revista se llame *Tiempos modernos* o *Revista de Occidente* que...*Vanidades*. Pero comprendo que elegir uno ahora es bastante difícil. Nos pasaríamos la noche discutiendo y no nos pondríamos de acuerdo. Por eso les propongo que cada uno de nosotros elabore algunos en su casa y los traiga a la próxima reunión...Pienso también que lo que ha dicho Alvaro no es desacertado del todo. Sería bueno, sí, que en el título de la revista figurara la palabra revolución.

Loredo se enderezó pesadamente. Todos supusieron que se ponía de pie para retirarse. Pero no fue así. Sorpresivamente su voz lenta y elaborada se dejó oir.

—Se me ocurre —dijo— una como solución intermedia. Alvaro ha manifestado que el título debe incluir la palabra revolución, y Rey lo aprueba. Orestes opina que el título debe identificarnos, ser una especie de credencial de la nueva generación. Si tratáramos de ensamblar estos dos conceptos quizás encontraríamos el término que los resumiera, que fusionara ambas ideas, incluso en su aspecto fónico...

—¡Qué retórica! —largó Alvaro—. ¡Todo un tratado de semántica para dar con un título! Si se te ha ocurrido uno, suéltalo de una vez. No estamos en el Ateneo de La Habana.

Loredo le dedicó una sonrisita afilada, un buceo de pupilas achicadas que bañaron la cara de Alvaro como un escupitajo. Rey intervino:

—En concreto , Loredo, ¿cúal es tu proposición?

Loredo torció el cuello hacia él tratando de recomponer su expresión habitual.

—En fin, Rey —dijo algo turbado—, tal vez sea un disparate...no sé. Mi intención sólo es colaborar...

—¡Por Dios, Loredo, no le des más vueltas! —se impacientó Ovidio dando una patadita en el suelo.

—Bueno —dijo Loredo apresuradamente—, estoy pensando en *Renovación*. Me parece, como expliqué antes, que aúna los dos conceptos que se han estado manejando aquí. Y fónicamente tiene alguna semejanza con la palabra revolución, que Rey quiere que aparezca en el título.

Aguardó los comentarios. Pero éstos no llegaron de inmediato. Como si lo propuesto por él requiriera una meticulosa reflexión, todos adoptaron un aire meditativo: Orestes y Ovidio se miraron incoloramente, Israel arañaba el pasamanos de la baranda y Alvaro pensó en el parto de los montes. Víctor, impertérritamente, seguía siendo el convidado de piedra. Nada ni nadie lo sacaría de su papel. Rey se prensó otra vez los mechones de la nuca.

—A mí no me disgusta completamente —dijo restándole toda autoridad a sus palabras, como para no cohibir a los demás y lanzándolas más bien como un balón de ensayo.

Pero el dique se había roto y una sensación de sosiego apaciguó el rostro de Loredo. No le disgustaba, se dijo; en cierto modo equivalía a una aprobación. Los demás no osarían ahora rechazarlo tajantemente.Ellos...

—A mí tampoco — se le oyó decir a Orestes—. No es muy original que digamos, pero podríamos considerarlo.

—Sí, se podría considerar —se sumó Ovidio imprimiéndole a sus palabras el mismo tono de condescendencia adoptado por Rey.

Las uñas de Israel continuaban escarbando la blanduzca pintura de la baranda y Alvaro hacía rotar entre sus dientes el cabo de tabaco ya apagado.

—¿Cuál es tu opinión? —lo sondeó Rey repentinamente.

Sin embargo, Alvaro no se sorprendió. Meneó la cabeza de un lado a otro en gesto que se igualaba a un encogimiento de hombros y luego dijo con desgana:

—Mi opinión es que estamos perdiendo demasiado tiempo con lo del título —cargó de flanco ya que la tácita aprobación

33

de Rey le impedía un ataque frontal—. Yo creo que tu recomendación de que cada cual piense en algunos títulos y los traiga a la próxima reunión es lo más acertado. Mucho más importante que el título, muchísimo más, es la orientación que ha de tener la revista, su contenido ideológico, y de eso aquí no se ha dicho ni una sola palabra.

Con excepción de la de Israel, un aro de miradas rencorosas se cerró sobre él. El *maître á penser*, el guía intelectual, el ideólogo de la nueva generación. ¡Vaya humos que quería darse! Rey consideró que debía pararlo en seco, pues aunque el brulote no iba dirigido en contra suya, de hecho lo implicaba.

—Te equivocas, Alvaro —dijo con firmeza—, aquí sí se ha hablado del contenido ideológico de la revista; se ha dicho que debe ser expresión de la revolución en el terreno cultural...

—Sí, pero eso necesita definirse.

—¿En qué sentido?

—En todos: político, estéticamente...

Rey no lo dejó avanzar:

—Políticamente la definición la da la revolución. Nuestra posición es la del gobierno revolucionario. Con independencia de criterios, nos solidarizamos con la obra de la revolución. Y estéticamente...en fin, sería un problema largo de discutir; pero no rechazamos ninguna corriente artística siempre que no sea reaccionaria. Nuestra actitud respecto a la creación artística debe ser de apertura a todas las tendencias. No tenemos ninguna línea estética determinada. No estamos, por ejemplo, ni a favor ni en contra de la pintura abstracta. Y en teatro en nuestra revista tendrán cabida por igual Ionesco y Brecht. Creemos en la experimentación artística porque enriquece la creación...

—Me parece un poco vago —opuso débilmente Alvaro.

—Es la posición que debemos asumir —replicó Rey—. Si no, corremos el riesgo de caer en el sectarismo.

Alvaro fue ahora pronto en su respuesta:

—Hay un sectarismo revolucionario...

—¡Nosotros estamos en contra de todos los sectarismos! —saltó bruscamente Ovidio—. No respondemos ni a la torre de marfil ni al llamado realismo socialista. De sobra sabemos adónde conducen los dos extremos.

—El primero lo hemos sufrido en carne propia —lo respaldó Orestes desplegando una energía idéntica a la mostrada por su mentor—, y el segundo...no hay más que echarle una mirada a la Rusia soviética...La nación que produjo una novelística extraordinaria en el siglo pasado hoy ofrece el ejemplo más lastimoso de literatura que pueda darse. Hay que huir de esos dos peligros como de la peste.

Israel alzó la cabeza para intervenir.

—Yo creo que a nosotros no nos amenaza ninguna de los dos. Nuestra revolución es *sui géneris*, se basa en el humanismo...

—La revolución es todavía un proceso, aún no se ha definido completamente —dijo Alvaro.

—¡Que no se ha definido...!— protestó Ovidio vivamente.

Rey medió para evitar un nuevo enfrentamiento entre Alvaro y Ovidio.

—Bien —dijo conciliadoramente—, quizás Alvaro tenga razón y la revolución sea todavía un proceso, quizás aún no se ha definido completamente. Pero en el campo cultural somos nosotros precisamente los que debemos ayudar a que se defina. Ese es el papel que nos toca, ésa la tarea que nos corresponde como intelectuales revolucionarios.

No LO QUERIAN BIEN Y ALVARO lo sabía; como sabía que su vinculación al grupo de la revista era provisoria, la consecuencia de una circunstancia muy específica. No los unía sino el hecho de tener una edad más o menos similar y un mismo resentimiento. Resentimiento contra la generación —más bien grupo igualmente— anterior que había usufructuado por casi dos décadas el destino de la cultura cubana, si es que le cabía denominación tan pomposa a la sobrevivencia que las letras y las artes habían conocido en este país. Cierto que había sido una regencia netamente espiritual, pues en el orden material ninguna ventaja, o muy pocas —y de hecho insignificantes—, les había reportado. Incluso los libros que les facilitaran cierto prestigio habían tenido que editarlos costeándolos invariablemente con su propio dinero, y la revista que publicaban —una de las de más larga duración y renombre en Cuba— había sido dádiva de un mecenazgo. Sin embargo, no confiaban en él; había algo que lo distanciaba tajantemente de sus accidentales —así los consideraba él—asociados. Quizás fuese su rebeldía, su aspereza, aun la forma grosera que tenía de patentizar sus discrepancias con personas e ideas, y su pedantesca autosuficiencia. Además, aspiraba a una soberanía intelectual, a ser la cabeza pensante —o ideológica— del grupo; más aún: de la nueva intelectualidad que surgiría con la revolución.

En Alvaro no funcionaba tan sólo el rencor contra los que su generación veía como causantes de que ellos hubiesen sido relegados a un rol de epígonos o a la permanencia en el anonimato, sino asimismo la convicción. Creía firmemente que todos los que habían brillado en los años anteriores al 52 no tenían nada que hacer en la revolución. Era una generación liquidada, muerta, que al no haber sabido adoptar la conducta viril que demandaba la situación, había cavado su propia sepultura. Nadie podría respetarlos ni creer en su obra después de la pusilánime actitud asumida por ellos. Se habían enclaustrado en su torre de marfil y ahora esa torre devenía tumba. Eran cadáveres a los que había que enterrar rápidamente para que sus cuerpos no hediesen... o para impedir un insólito resucitar como el de Lázaro. Pero no, no habría Cristo que los extrajera de sus sepulcros. Se pudrirían ahí, en lo hondo de sus fosas, hasta que sus huesos se deslavazaran en un polvo pastoso y mugriento, y que no sería ni remotamente enamorado como el de Quevedo.

Nadie compartía un criterio tan acérrimo, tan despiadado; únicamente Alvaro blasonaba de él, lo agitaba como un estandarte de victoria. En los otros la virulencia de las acometidas obedecía a causas estratégicas: buscaban un desplazamiento para señorear las posiciones —exclusivamente de mandato intelectual— que sus antecesores habían usurpado. Restarles prestigio era un modo de sucederles y de acceder pronto a los sitios que ellos habían alcanzado por un largo camino. Pero —calculaban— la revolución era una dinámica y permitía lograr en corto plazo lo que en una situación normal precisaba de extensos años.

El ensañamiento de Alvaro, por el contrario, respondía a otros mecanismos. Para él, sencillamente, la generación anterior había cumplido su ciclo y debía extinguirse. De la misma manera que un mundo viejo se derrumbaba, ellos debían derrumbarse también. Habían pertenecido a ese mundo, en cierto modo lo habían representado en su órbita espiritual, y no tenían cabida en el nuevo. Era ley natural que desaparecieran. El, Alvaro, estaba seguro de que la revolución establecería un orden muy distinto al anterior. Todas las viejas concepciones, los valores que habían sido admitidos en el pasado, se vendrían abajo. Por su edad y por sus ideas la vieja generación no estaba preparada para adaptarse a los cambios profundos que se avecinaban. Simplemente, no sabrían qué hacer. No ellos, los nuevos, sino la historia los hacía a un lado.

Los otros no contemplaban las cosas con igual óptica y fue por ello que en el fondo, y a pesar de su alianza, no entendieron a Alvaro. Juzgaban a mera táctica, tal como ellos lo ejecutaban, lo que en él era fe, muy cercana al fanatismo. Para ellos la enemistad hacia la generación pasada no era más que un juego de posiciones. Querían anularla para fulgurar ellos, y en último término si los componentes de la antigua *intelligentzia* estaban dispuestos a someterse, ellos no tendrían inconveniente en aceptarlos; pero, eso sí, ahora en calidad de subalternos. No pensaban, como Alvaro, que un nuevo régimen vendría a erigirse sobre las ruinas del pasado, sino a lo sumo que se producirían una serie de reformas que encauzarían el país por otros derroteros. Empleaban, con abundancia abrumadora, la palabra revolución, pero en sentido adjetivo, nunca sustantivo. Después de todo, había sido un vocablo harto manoseado en la historia de Cuba y a nadie inquietaba. Ellos lo usaban porque era la forma más adecuada para inscribirse dentro de la nueva situación, de adjudicarse su representación intelectual y de marginar a los obsoletos regidores de la cultura. Encarnando a la revolución en su imagen artística, los otros no osarían ni remotamente hablar en su nombre. De ese modo los irían arrinconando poco a poco hasta apartarlos por completo. Por eso no les preocupaban las feroces diatribas de Alvaro, su jacobinismo que exhibía una guillotina en una mano y un índex en la otra: las asimilaban a un rejuego. El, como ellos, estaba en el secreto. Jamás sospecharon su engaño. A lo sumo atisbaron en Alvaro a un ambicioso desmedido; pero no los intranquilizaba en exceso su desmán. Habría tan sólo que vigilarlo.

La vida de Alvaro era igualmente un enigma. Lo que se sabía de él no era mucho, y todo a retazos. Provenía de una ciudad del interior, Santa Clara o tal vez Encrucijada. Hijo de un campesino medio había llegado hasta el instituto, pero abandonó sus estudios de bachillerato en los primeros años. Se rumoraba que había sido expulsado del instituto y que en una ocasión se fue a los puños con su padre. Había llegado

39

a La Habana a mediados de la década del 40, habitando en casas de huéspedes y tugurios que compartía con artistas tan miserables como él. Vivía de una raquítica mesada que le enviaba su familia. Nunca había trabajado ni tampoco pensaba hacerlo. Por aquella época era sucio, vulgar e intolerablemente vanidoso. Tenía el don de ser repelido instantáneamente por cuantos lo conocían. Bastaba cambiar unas palabras con él para que inmediatamente se sintiera el deseo de no cultivar su amistad. En consecuencia, tenía muy pocos amigos, y éstos lo soportaban como un mal inevitable. Pero a él no parecía quitarle el sueño el rechazo colectivo. Reía con desfachatez aunque el repudio más ostensible se retratara en sus interlocutores. Con frecuencia se le veía recorriendo las calles de La Habana, cuando no estaba despatarrado en su camastro leyendo un libro de poesía o de filosofía que marcaba con un espeso lápiz. Visitaba a algunos pintores —arte por el que experimentaba una atracción vivísima no obstante carecer de la mínima aptitud para él— y de entonces databa su conocimiento de Francisco, a quien topaba en estudios y exposiciones. Por supuesto, aunque intercambiaba opiniones con él acerca de algún cuadro o de tal o cual pintor, siempre lo consideró un ignorante que se extasiaba como un babieca delante de cualquier mamarrachada. Naturalmente, cuando Francisco bajó de la Sierra y pasó a ser una figura importante en el ámbito cultural, modificó su criterio. A Rey lo conoció después del triunfo de la revolución, si bien ya tenía referencias de él y había ojeado uno que otro cuento suyo aparecido en alguna revista comercial. También se le presentaba a algunos escritores, que lo recibían en su casa, cuando no podían hurtarle el cuerpo, exclusivamente por motivos de educación. Después de probarles que era un genio, indefectiblemente acababa pidiéndoles dinero. Publicó un famélico cuaderno de versos, que debió imprimir esquilmando a su padre o sableando a conocidos de ciertos recursos económicos, y desapareció súbitamente. Se supo más tarde que estaba en París, donde practicó, a escala mayor, la vida que ya había ensayado en La Habana. Regresó, marchó otra vez a Europa —siendo detestado por el pequeño círculo de cubanos residentes en París—, editó otro volumen de poemas y volvió nuevamente a Cuba poco antes de la caída de Batista sin que su personalidad se hubiera alterado en una sola fibra. Continuaba siendo 'el abominable hombre de la peste', como lo motejaban. De él se dijo también que en su ciudad natal se había mezclado en actividades clandestinas contra Batista y que la policía lo había detenido y golpeado brutalmente. Pero otros negaban de plano esta versión, explicando que los verdugones y el ojo cárdeno con que se mostrara en La Habana le habían sido propiciados por una tunda que le sonara su padre. Fue de los primeros en adherirse a Francisco al triunfar la revolución y en hacerse incondicional de Rey desde que verificó la estimación que aquél le profesaba. Cuando se enteró de que Francisco lo iba a nombrar director de la revista que pensaba fundar, se hizo su sombra. Eran días de río revuelto y Alvaro sabía ser buen pescador cuando se lo proponía.

EL AVION SE POSO EN LA PISTA de aterrizaje y los pasajeros casi se desnucaron para mirar por las claraboyas. Alberto entre ellos. Estaba sentado junto al pasillo y se incorporó para tratar de echar una mirada él también. Desde el cielo negro que lo había acompañado durante las noventa millas del Estrecho de la Florida, había visto minutos atrás las luces de La Habana y un golpe de sangre le sofocó el corazón. ¿De emoción, de miedo? No sé. Yo no regreso: me regresan. Siguió pensando que todo el mundo estaba volviendo —se refería a los cubanos que vivían en los Estados Unidos— y que Nueva York se iba a quedar vacío de cubanos. Mejor para los puertorriqueños, consideró: menos competencia. Reclinó la cabeza en el espaldar. ¿Será verdad que esto ha cambiado? Tengo mis reservas. Me parece que la revolución nos ha vuelto locos a todos; sí, hasta a mí. Si no, ¿qué hago yo aquí, montado en este avión? Ola de entusiasmo que a lo mejor dura lo que el clásico merengue a la puerta del colegio. Mientras tanto, todos en la cresta y empujados por este viento de delirio. El más simple cubano protagonista de un minuto estelar de la historia de su patria. Había que verlos en Nueva York: paseándose por las calles como si cada uno de ellos hubiera tumbado a Batista y haciendo declaraciones sobre el futuro de la revolución con una autoridad infranqueable. Pero se dejaron el abrigo por si acaso. ¿Cómo era el versito aquel que le sacaron? Adiós, Nueva York querido, aquí te dejo el abrigo... Y algo del carajo... En fin, bañarse y guardar la ropa, muy de cubanos. El avión hizo un blando giro a la izquierda y se estacionó frente a la terraza del aeropuerto. Por entre el racimo de cabezas que tapiaban las claraboyas Alberto atisbó a la multitud del otro lado. ¡Míralos! Sacando sus pañuelos y agitándolos para saludar. No sé a quién demonios si no se puede distinguir a nadie. No importa, de todos modos son cubanos como ellos, como nosotros, hermanos de suelo y corazón, y ahora de esta vertiginosa aventura política. ¡Qué conmovedor! Lloraría si no fuera porque se me van a empañar los espejuelos. Los motores se detuvieron, aunque las hélices seguían girando, cada vez más lentamente. Marta también debe estar allí, entre esa gente, sacudiendo su pañuelito. Igual a todas. Esto es una locura. No tiene sentido haber vuelto, mucho menos ahora, cuando ya había logrado abrirme paso. Trabajo me costó, pero lo conseguí. Un empleo seguro, una vivienda confortable, todos los libros que quisiera a mi disposición, y oportunidades para seguir subiendo. Pero ella tan cubana, tan nostálgica... No podía aguantar la separación de su familia ni el frío. En cambio yo amo el hielo, la nieve, el cielo gris, los abrigos de lana, las bufandas, las botas de fieltro... Lo que no soporto es el calor, lo abomino. Alguien vio que ya acercaban la escalera mecánica y hubo un revuelo de brazos atrapando bultos de mano. Nunca le interesó la política, no le importan más que las niñas, y yo porque soy su padre; pero se agarró de la revolución para hacer las maletas y coger el avión. Y ahora yo de cola de ella. Pero quién resistía sus cartas, sus desbordamientos, el paraíso, viviríamos en la gloria. Y tanto como a ella, ¿quién resistía la demanda colectiva que apestó a cuanto cubano vivía en el Norte? Sobre todo después de la visita de Fidel. Regresar era la palabra de orden. Como fuera. Miles de Ulises criollos remando como endemoniados para alcanzar las playas de su cobriza Itaca. Y las Penélopes esperando aquí, halando, ofreciendo como atracción irresistible la sábana nupcial que ya habían terminado de bordar con sus propias manos y haciendo gemir a pulmón lleno a sus Telémacos para que los oyéramos bien. Parafernalia a escala de masas. Bueno, ya estoy aquí, irremediable. La puerta del avión se abrió y Alberto se sintió comprimido por la avalancha de cuerpos que se apelotonó en el pasillo. ¡Qué prisa por salir! No sé para qué se apuran tanto si ya tendrán Cuba para rato. O a lo mejor se devuelven al norte revuelto y brutal más pronto de lo que se imaginan. Deja que se den cuenta de que el cuartico está igualito. No creo en cambios de ninguna clase. Quítate tú para ponerme yo, eso es todo. Así ha sido siempre y no habrá revolución que lo cambie. Está en nuestra sangre, en el tuétano de los huesos del cubano. Ni siquiera una transfusión de billones y billones de glóbulos rojos holandeses, como soñaba el desventurado Saco. No lo creo. Aldea de café con leche y chicharrones de viento. El trópico... ¡negras culonas! Estaba afuera y un soplo cálido, como un hálito humano exhalado por miles de gargantas, le invadió la cara humedeciéndole los lentes. Se detuvo para limpiarlos con el pañuelo. A su pesar el corazón le latía rumorosamente y volvió a sentir aquel como anhelante ahogo que lo había descontrolado en las alturas cuando divisó por primera vez las luces de La Habana. Se colocó los espejuelos nuevamente y miró hacia la terraza. No veo a Marta ni a las niñas. Pero, ¡quién va a descubrirlas en ese tumulto! En verdad nunca había visto un entusiasmo semejante. Todos mirándose, sonriéndose, saludándose como si fueran amigos o parientes. No les importan los tropezones, los empujones, que le griten a uno en los oídos hasta ensordecerlo. Debe ser a causa de las banderitas y la música. Realmente esto parece una concentración con tantos gallardetes rojinegros y la marcha del 26 sonando en los altoparlantes. Parece que la revolución ha sacado a flor de piel la generosidad del cubano. La buena alma criolla. Shen Te más Shu Te igual a Liborio. Lo que no parece haber cambiado es su gritonería... ni su torpeza. ¡Qué manera de demorarse los trámites aduanales! Para revisar cuatro trapos. En Nueva York, en París, en Londres haría ya una hora que estaríamos fuera. El tiempo no cuenta en este país. Tenemos todo el que nos dé la gana. Total, para el uso que hacemos de él. De pronto, más allá de la frontera de la aduana, del otro lado de la puerta de cristales, vislumbró los inconfundibles dientecitos de conejo de Marta, sus ojos excitadísimos. Sacudía el brazo como un náufrago pidiendo socorro. De nuevo Alberto reprimió los excesos del corazón. Sí, sí, ya te vi, ya sé que estás ahí, que eres tú, no necesitas agitarte tanto para que yo me dé cuenta. Te veo perfectamente, cálmate, tranquilízate, no me voy a esfumar ni tampoco hace una eternidad que no nos vemos Control, querida. Cubanita. De todos modos, la abrazó cuando se reunieron y no le molestó aquel como incrustamiento del cuerpo de Marta en el suyo. Hubiera querido besarla incluso. Pero no lo hizo: demasiados testigos y él siempre había sentido aversión por los espectáculos.

—¿Qué tal el viaje? ¿Bien? —preguntó y se respondió Marta casi saltando y sin quitar sus ojos de los de Alberto, que eran miopes y se reducían detrás de unos gruesos cristales.

—Sí, bien, muy bien, ¿y las niñas?

—En casa de mamá. Ellas querían venir, pero yo no me atreví a traerlas. Con tanta gente, cogí miedo que les pudiera pasar algo. Ya me habían advertido que en el aeropuerto no se podía dar ni un paso.

—¿En qué viniste?

—En un automóvil de alquiler. Está en el parqueo. Ven. ¿No se te queda nada?

—No, nada.

Me despojo de la endemoniada escandalera que hay aquí. Me abro el saco y el cuello de la camisa y recibo como un alivio el fresco de la noche. Creo que hasta el mal humor se me amansa. Camino junto a Marta, ella prendida de mi brazo; en el automóvil me pega la mejilla al hombro. El retorno... ¿del marido pródigo? Sonrío y la miro de reojo. Ella habla, pregunta, cuenta. Yo estoy aquí por ti, Marta, tú me has devuelto. Tuya será la responsabilidad de lo que ocurra. Me estremece pensar que tendré que empezar de nuevo. ¿Quién dijo o donde leí que la vida era eso: empezar de nuevo cuando todo se había perdido? Pero yo no había perdido nada, ni estaba perdido tampoco. En la gran ciudad. La jungla de cemento. Literatura. Al contrario, por primera vez me sentía seguro y no le temía al futuro. Y ahora esta aventura, este retornar al punto de partida... ¿al pasado? No, espero que no, quiero creer que no. La revolución... Es curioso, me siento más extranjero, más amedrentado aquí que en los Estados Unidos. Pienso que mi patria es más aquella nación que esta isla. Desarraigado, apátrida. No, es que allá era la seriedad de un empleo, un hogar estable, una vida dedicada al trabajo. En cambio esto, aquí... Tiene que haber cambiado, debo imponerme esa fe, necesito que sea así. No podría vivir en el ayer. Corriendo detrás de los directores para vender un artículo, mendigando una plaza de profesor de español en una triste academia privada y luego querer estúpidamente mantener la esperanza en rabiosas conversaciones de café. No, no más, ya he tenido de sobra. En fin, siempre queda la posibilidad del regreso, del exilio otra vez, no a forjar la conciencia increada de mi raza, sino a ser yo, a sentirme yo.

LA PREPARACION DE LA REVISTA los amontonaba noche a noche en el local donde funcionaría la redacción. El grupo había crecido con nuevos colaboradores que cubrirían las diferentes secciones. Mas por ahora se recopilaban materiales, Rey y Orestes estudiaban con el emplanador el diseño gráfico que tendría la revista, Rey le trasladaba puntualmente a Francisco los trabajos para su aprobación. Sólo él, y Alvaro en calidad de sombra, tenía acceso a su oficina. A veces Francisco hacía entrar a Ovidio, por quien sentía una especial estimación. Lo respetaba intelectualmente y tenía una opinión elogiosa de su obra. Era uno de los pocos escritores que podían respaldar su condición de tales con más de un libro publicado, alguno de ellos en el extranjero. Los otros, esto es, los presuntos colaboradores, nada tenían que hacer por ahora excepto fatigar la estancia de una pared a la otra, del corral a la puerta del despacho de Francisco, del sofá del vestíbulo a las mamparas de la imprenta; excepto discutir por cualquier cosa, fumar, escupir en el suelo, leerse entre sí sus escritos y sobre todo estar muy al tanto de lo que pasaba. Si podían se le acercaban a Rey y si tenían oportunidad de saludar a Francisco, no la desperdiciaban. Sin embargo, no fallaban una sola noche y ningún desaliento los hacía renunciar a permanecer allí hasta la madrugada. Eran los primeros en recibir la edición inicial del periódico. Entonces, con una Habana ya silenciosa, subían por Reina hasta el café de Oquendo donde se instalaban en una de las mesas de la terraza. Lejos de haberse asfixiado, su locuacidad parecía cobrar un segundo aire.

Masticando un bocadito de jamón, Israel dejó caer la noticia:

—¿Saben que Alberto ya regresó?

—¿Quién? —preguntó Eugenio, adquisición de última hora de la revista.

—Alberto... Alberto Ramos. Llegó hace unos días de los Estados Unidos.

—No lo conozco —dijo Eugenio.

—Es poeta —aclaró Israel.

—Competidor del bardo —insinuó Orestes esquinando una sonrisilla que tapó con la taza de café con leche.

—Yo no tengo competidores —devolvió Alvaro echándose hacia atrás en su silla—, mi poesía es única.

—Tan única que sólo a él le interesa —acarreó Loredo aliándose a Orestes.

—¿Saben cómo se firma? —Orestes tiró su estocada a fondo, alentado por el recio espaldarazo de Loredo—. ¡Alvaro el Magnífico! ¡Y que se atreva negarlo! Luis tiene un libro suyo con esa dedicatoria. Me lo mostró el otro día. Le puso: 'A Luis, con la amistad incesante de Alvaro el Magnífico'.

—Me firmo así porque puedo —replicó Alvaro sin alterarse, más bien complacido de que se divulgara aquella altanería suya—. Mi poesía es magnífica y por lo tanto yo soy magnífico también.

—¡Alvaro el Magnífico! —parodió Loredo—. Sólo le falta Babieca para ser el Cid de los poetas cubanos.

Estalló en una carcajada a la que Orestes hizo eco con una risita hipante. Israel apartó el bocadito para reír también. Unicamente Eugenio y Eduardo —otro nuevo ingreso— se limitaron a sonreír. Este último preguntó de pronto, inocentemente, alejando la conversación del duelo que se avecinaba:

—¿Y va a trabajar en la revista?

Necesitaron de una elaborada rememoración para entender su pregunta. Israel fue el primero en darse cuenta, quizás por haber sido el que puso su nombre sobre la mesa. Pero aun así quiso estar seguro.

—¿Quién? ¿Alberto?

—Sí... ese poeta del que hablaban ustedes, el que vino de los Estados Unidos.

Hubo un silencio que Alvaro, Orestes y Loredo emplearon para atarear sus mandíbulas. Mordían, sorbían, deglutían con idéntica dedicación a la que hubieran puesto en componer un soneto, facturar un relato o redactar un artículo. Israel les pasó revista con la mirada, se sonrió y dijo como de una manera casual:

—Sí, es posible que Rey lo utilice como redactor. Es muy amigo de él—. Se calló de repente, y despachando otro trozo de emparedado exhibió el mismo empeño que los demás en alimentarse. Alvaro levantó la cabeza para escrutarle el semblante. Pero no pudo sacar nada en limpio.

—Todo el mundo está regresando —dijo repentinamente Eugenio—. El extranjero se va a quedar limpio de cubanos.

—La semana pasada llegaron Gerardo y Antonio —aportó Orestes.

—Es que el dulce siempre ha atraído a las moscas —declaró ya abiertamente Eugenio.

—¿Por qué eres tan venenoso? —protestó Eduardo con franco desagrado—. ¿Por qué tienes que hablar así de ellos?

—Yo no soy venenoso. Digo sencillamente la verdad. Regresan ahora que la revolución ha triunfado, ¿pero por qué no lo hicieron cuando se estaba peleando contra Batista?

—Son escritores, artistas, no políticos —dijo Orestes.

—¿Y eso los libera de haber tenido que combatir a la dictadura?

—Muchos que estaban en el país no la combatieron tampoco. Tú entre ellos.

—Pero por lo menos permanecimos en Cuba.

—No le veo el mérito a permanecer en un lugar donde se está peleando y quedarse cruzado de brazos. Al contrario, es más vergonzoso.

—Además, la revolución no es ningún dulce —se interpuso Eduardo.

51

Eugenio agradeció que la conversación se devolviera al presente, pues eso le permitía sentirse más cómodo, libre de tener que dar explicaciones. Dijo enfáticamente:

—Lo es. Y muy tentador. Pero no lo será por mucho tiempo. Ya se darán cuenta de que ese dulce también puede saberles muy amargo.

De nuevo Eduardo le salió al paso.

—Dices que no eres venenoso, pero no haces más que ver oportunistas dondequiera. ¿Por qué no se te ocurre pensar que regresan porque sinceramente quieren ayudar? Han estado fuera de Cuba mucho tiempo y siempre, de algún modo, soñaron con regresar.

—¿Quieres que le ponga música de fondo para que suene más conmovedor? Por favor, el tema musical de la Novela del Aire.

Moviendo los brazos como si dirigiera una orquesta, Israel tarareó no la partitura demandada sino unos compases de la *Patética*.

—¿Qué ganan con regresar? —preguntó Loredo curvando el espeso tórax sobre la mesa.

—Cuba es un río revuelto —dijo Eugenio.

—Con muy pocos peces en él —rebatió Loredo.

—A mordidas se disputarán los que hay.

—Hablas así porque nunca has salido de Cuba y estás loco por brincar el charco —se le encaró Orestes.

Eugenio derramó el vaso de agua que tenía ante sí, pero no tuvo tiempo de defenderse porque Eduardo le tomó la delantera.

—Eso no es así. Yo tampoco he salido de Cuba y no pienso como Eugenio. Ni me produce envidia que ustedes hayan estado en otros países ni los condeno por eso. Yo no soy un amargado.

Eugenio ignoró la alusión optando por no salirse de su círculo. Se encogió de hombros.

—El tiempo dirá si tengo razón o no.

—¡Con ese espíritu no se puede construir la revolución!
—intervino bruscamente Alvaro—. Hay que creer en el ser
humano, tener confianza en el hombre. Si Fidel no hubiera
confiado en el pueblo cubano, a estas horas Batista nos seguiría
pateando.

—Es distinto —trató de explicar Eugenio—. Una cosa son
los hombres cuando luchan por el poder y otra cuando están
en él.

Engolando la voz, Israel volvió a canturrear:

—El poder corrompe, a todos por igual, humildes poderosos,
a todos nos corrompe.

—Una vieja y desprestigiada teoría anarquista —Alvaro
hizo un gesto de repudio.

—Pero nosotros no estamos en el poder —alegó Orestes.

—Pero formamos parte de él.

—En ese caso todo el pueblo de Cuba forma parte del poder.

—Sí, en la actualidad. Por el momento no hay mucha
diferencia entre ser barrendero o ministro. Una ola de solidaridad nos hermana. Pero ya se deslindarán los campos, y
entonces...

—Las aguas volverán a coger su nivel, ¿no es eso? —lo
interrumpió Loredo.

—Más o menos. Aunque será un nivel distinto. No será,
por supuesto, el de antes.

—¡Abajo la diferencia entre burgueses y proletarios! —pregonó Israel levantándose y marchando alrededor de ellos como
en una parada. Sus brazos se alzaban como dos estandartes—.
¡Abajo las clases! ¡Abajo la discriminación racial!

Sin hacerle caso, Loredo preguntó interesadamente:

—¿Y se puede saber dónde estaremos nosotros? Quiero
decir, los escritores, los intelectuales... ¿En la superficie o en
el fondo?

Una chispa de identificación brilló en los ojos de Eugenio.
Contestó levemente risueño:

—No lo sé... pero supongo que braceando para mantenernos

a flote. Ese siempre ha sido el destino de los intelectuales, a través de toda la historia, y no creo que ahora vaya a cambiar.

Eduardo lo miró con profundo desprecio.

—No eres más que un cínico. Hasta oírte hablar me repugna.

Eugenio sacudió otra vez los hombros. Había bajado la cabeza y aprovechó el agua derramada para trazar lentas líneas en el mármol.

¿Lo soy? Es posible. Pero prefiero ser cínico a dejarme arrastrar por esta torpe ingenuidad. Es un juego enfermizo al que no quiero entregarme. Mala conciencia, saldo de cuentas... Todo es alegría ahora, desbordada esperanza... ¿Pero cuánto durará? ¿Cuándo se acabará la luna de miel con la revolución? Ya ha empezado a resquebrajarse, ya le salió la primera grieta: la burguesía la mira con recelo. La reforma agraria la ha puesto en estado de alerta. Después... será una escala descendente. Siempre tendrá una base, claro. Y sobre ésta podrá apoyarse. Pero lo importante no es eso. Lo importante es, ¿qué orden se establecerá? Uno mucho más justo que éste, sin duda. Entonces, ¿por qué dudas tú?

—No sé. Los hombres no son ángeles. Y hay algo fundamentalmente podrido en este país —dijo Eugenio en voz alta, pero como contestándose a sí mismo.

—Los hombres son producto de su medio, de su circunstancia —expresó categóricamente Alvaro—. Si el país estaba podrido era porque sus gobernantes lo estaban también. La peste venía de arriba.

—No confío en el cubano.

—Pues con él tendremos que construir un nuevo país.

—Entonces no habrá tal nuevo país.

—¡No hables más con este tipo! —exclamó Eduardo poniéndose de pie. Luego giró hacia Eugenio y le espetó: ¡Tú no eres más que un sucio apátrida!

Lejos de indignarse, Eugenio ensayó un último y triste reto, aunque ya se sabía vencido:

—Me siento ciudadano del mundo —dijo.

Renovacion, título que finalmente se adoptó para la revista, apareció en los primeros meses de 1959. A última hora hubo como una suerte de conciliábulo en su redacción para confeccionar el primer número. Rey citó allí a .sus colaboradores de mayor confianza y capacidad. Alvaro, Orestes, Ovidio y Alberto —que rápidamente había arribado a una sólida posición como redactor del periódico— integraban el pequeño grupo de elegidos. Pedro Luis, vuelto recientemente del exterior, como Alberto, e incorporado desde que pusiera los pies en la isla a la revista por su estrecha vinculación con Rey, participó también; pero en calidad de ayudante, o más bien de cobertura diplomática. El se encargaría de ir utilizando el material de relleno que disfrazaría el objetivo de arranque de la revista. El primer número de ésta, según les hizo saber Rey, debía ser un escándalo, estallar como una noche de las cien bombas —la terminología heredada de las acciones clandestinas contra la tiranía estaba en pleno apogeo— sobre las cabezas de la vieja generación. Así, con ese acto de violencia, insurgiría la nueva. Darían fe de vida agresivamente. Alvaro lo reemplazó espontáneamente en las instrucciones para agregar que ellos eran los representantes de la revolución en las letras y las artes y que tenían que gritarlo a todo pulmón. Que lo supieran todos, especialmente los momificados especímenes del museo de Virtudes. Que se enteraran de una vez por todas que ellos se consideraban sus enterradores y que estaban dispuestos a volcarles encima toneladas de barro con tal de taparlos. Quizás un día, en lo porvenir, sus nombres informarían algún manual de literatura cubana; pero al presente, en la actualidad, no iban a dejar rastro de ellos. La historia, este minuto, la harían los nuevos, los que nacían con la victoria revolucionaria.

Orestes propuso redactar un manifiesto que debería ser firmado por todos los miembros del grupo. Se podía utilizar, dijo, como editorial de la revista, y en él explicitarían sus puntos de vista acerca de la literatura, del arte en relación con la política... Podía hacerse, además, un recuento de la cultura cubana a partir de 1940, es decir, de los veinte años que mediaban entre la aparición de la generación pasada y la caída de Batista, y que eran precisamente los años en que ésta —la generación pasada— había gobernado intelectualmente. Así pondrían de relieve su quietismo, su inanidad, la absoluta indiferencia que mostraron ante los problemas más urgentes del país. Apelarían a la historia, enfatizó, para condenarlos, y el manifiesto equivaldría a una declaración de principios de la nueva generación. Frotándose la nuca, Rey comenzó diciendo que aunque le parecían bien los puntos apuntados por Orestes, la idea en sí del manifiesto no le gustaba. El mercado estaba saturado de ellos. No había asamblea, reunión, conversación de más de un intelectual —y hasta de uno, ironizó— que no finalizara emitiendo el consabido manifiesto. Aquella inundación de papelería sonora había acabado por anular su efectividad. De otra parte, una proclama resultaba un documento sumamente vago y general para la revista. Lo que se precisaba era una serie de artículos, bien concretos y directos, en los que se analizara el rol que la vieja generación había desempeñado en las distintas facetas de la vida cubana. Alvaro se opuso también al manifiesto. Habría que consultar a demasiada gente, dijo. Luego de redactarlo tendrían que someterlo a la aprobación de todos y cada uno de los que iban a firmarlo, lo cual traería por consecuencia que le harían reparos, objeciones, que estarían de acuerdo con unas cosas y con otras no, y ellos tendrían que modificarlo una y cien veces hasta que todos quedaran complacidos. Y para entonces el manifiesto estaría tan mellado, tan huero de contenido que no valdría la pena publicarlo. Se adhirió a la tesis de Rey. Era mucho más eficaz lo propuesto por él: una serie de artículos escritos por cada uno de ellos en los que se analizaran a fondo las posiciones sustentadas por esos señores en sus casi veinte años de hegemonía cultural. 'Lo que yo propongo es más democrático', objetó Orestes, y añadió: 'No es lo mismo un trabajo firmado por ti o por mí que una declaración suscrita por veinte o treinta intelectuales. Tiene más peso...' '¿Aunque sea un papelucho inocuo por completo?', lo interceptó Alvaro. 'No tiene por qué ser un papelucho inocuo', ripostó Orestes. 'Si quieres dar a la publicidad un texto en el que veinte o treinta individuos estén de acuerdo, no te queda otro remedio que componer un papelucho que no diga nada'. 'Si vamos a hablar en nombre de una generación, hay que contar con ella'. Alvaro hizo un gesto de desdén: 'La generación somos nosotros'. Orestes esperó unos segundos y respondió con gravedad: 'Esa es una actitud dictatorial. Y en Cuba no se hizo una revolución contra la dictarudra para instaurar otra, en ningún aspecto'. Alvaro saltó de la tapa del escritorio donde estaba sentado y se le plantó delante: 'Yo luché contra la dictadura —dijo irritado—, yo me enfrenté a los esbirros de Batista y tú no eres quién para darme lecciones de democracia. Cuando Fidel inició la lucha no vino a pedirte tu consentimiento. Asaltó el Moncada y después desembarcó en Cuba con ochentidós hombres. Y estaba actuando no sólo en nombre de su generación sino de todo el pueblo cubano'. 'No es lo mismo', replicó Orestes. '¡Sí es lo mismo!', devolvió Alvaro con la faz congestionada y los pelos sobre la frente. Como de costumbre, Rey terció para aplacar la disputa, aprovechándola de paso para reafirmar su oposición al manifiesto. Si entre ellos, dijo, que no eran más que cuatro gatos y se suponía estaban de acuerdo, se había promovido semejante querella, qué no ocurriría de tener que consultarle el documento a dos docenas de personas parecidas a Alvaro o a Orestes. Aquello sería la Torre de Babel, la erupción del Krakatoa, un streaptease de Rita Hayworth, la desconflautación vigueta. Alvaro largó una carcajada y los demás sonrieron; pero Ovidio recordó pálidamente que se habían dado a conocer manifiestos firmados por un centenar o más de intelectuales. 'Es distinto', expuso Rey, 'esos manifiestos eran de apoyo a la revolución, de respaldo a sus medidas, de demandas del gremio... Cuestiones generales en las que todo el mundo coincidía. Pero aquí se trata de enjuiciar la conducta de la generación anterior a nosotros, y no creo que todos estén conformes con los criterios que expondríamos en el manifiesto. Aquí sí pienso como Alvaro que de lograr un consentimiento general, o tan sólo mayoritario, la tal declaración de principios quedaría tan deslucida que no ameritaría que la imprimiéramos. No, si queremos dar la batalla, tenemos que librarla nosotros solos, contando únicamente con los cuatro gatos que somos. Alea jacta est, como dijo Titón'. El latinajo y la intencional distorsión sobre su autor propició nuevas risas y un movimiento de distensión, de alivio. En una atmósfera ya sosegada, a Alberto le pareció oportuno indicar que los artículos que cada uno de ellos escribiría —pues dio por sentado que la tesis de Rey había sido aceptada— no tenían forzosamente que identificarse con un criterio generacional, sino que serían como una apreciación particular de un mismo tema. De ese modo nadie podría ver en ellos una acción concertada, sino una valoración coincidente por razones de edad, de formación, de juicios acerca del pasado y de las personas que lo corporizaron intelectualmente. Esto los liberaba de compromisos masivos o de responsabilidades colectivas, a la vez que amparaba a la revista contra posibles acusaciones de sectarismo o de uniformidad ideológica. Cada cual expondría libérrimamente su opinión. Incluso le recomendó a Rey que en el machón se aclarara que los trabajos expresaban el criterio de sus autores, con lo que la revista devenía tribuna abierta. La fórmula resultó totalmente conciliadora. Rey la admitió ense tguida, y los restantes le dieron el visto bueno. Alberto se anotó un tanto más en su prestigio de hábil polemista.

Pasaron a distribuirse los papeles. Alberto escribiría un artículo en que se revisaría la literatura hecha por los componentes de *Inicios* —revista que había sido vocero de la generación pasada— relacionándola, por supuesto, con el apoliticismo que habían mantenido a lo largo de dos década de vigencia. Alvaro fijaría la posición estética e ideológica de los nuevos, subrayando que el compromiso, en su sentido político, era la piedra angular de su comprensión del arte y de la sociedad. Alvaro añadió que en su trabajo debía quedar bien claramente establecido que ellos eran la voz de la revolución en el terreno cultural. Ovidio, por ser el más viejo del grupo, pero cuyo espíritu rebelde lo identificaba plenamente con los insurgentes, debía hacer un recuento de sus experiencias con los de *Inicios* para demostrar la actitud arrogante, inquisitorial que había prevalecido en la vieja generación, hostigando y persiguiendo a aquellos escritores que no se les sometían o que osaban disentir de sus opiniones. Orestes respaldaría este ataque lanzándose contra los más maculados, contra aquellas 'personalidades' que por su poca significación y su deshonesta conducta pública resultaban más vulnerables: en suma, contra los relumbrones que habían medrado de los fondos públicos y que exclusivamente gracias a la generosidad de la revolución conservaban una precaria importancia.

Una semana más tarde apareció el primer número de *Renovación* y en lugar destacado figuraron los cuatro artículos bosquejados en la reunión. 'Un epitafio para ellos', tituló Alberto el suyo, y en el mismo definió a la generación pasada como ciega y torpe frente a la literatura y frente a la realidad. Para él la revista en torno a la cual se nucleara, *Inicios,* y que dominara por más de una decena de años la 'alta cultura' nacional —había una *alta* cultura como también una *alta* costura y una *alta* cocina— a pesar de no tener ni la más débil resonancia pública, era el ejemplo más notorio de sometimiento a formas literarias extranjerizantes y ya en aquel entonces en plena decadencia. No era casual, escribió, la proliferación de términos aristocráticos en sus poemas y prosas: respondía a una filiación política. Calificó de pomposa a la poesía del que venía destacándose como compilador del grupo, y a otros secuaces de menor significación los acusó de fabricantes de un mundo inexistente, de vivir en un perenne 'colonialismo vergonzante', de facturar una poesía rural ridícula. Sacó a relucir las querellas intestinas del grupo afirmando que un conocido sonetista que siempre había rondado su círculo era un preterido a quien finalmente habían 'echado a patadas', y que, asimismo, era acuerdo general entre ellos que el epígono más visible del Maestro no era poeta ni lo había sido nunca. Entre la caída de Machado y el triunfo de la actual revolución, proclamó resueltamente, no había nada, 'sólo el vacío más absoluto pesando sobre la obra de creación, anulándola'. Reservó sus dardos más afilados para el Maestro, el que como un sol había hecho girar en su torno a aquella constelación de 'voces hueras, mohosas y risibles', culpándolo de no haber entendido el hecho literario, de haber compuesto una poesía 'conceptista' dando un imposible salto atrás, y lo que era peor, de haber divulgado una imagen derrotista, pusilánime de la función del arte en la sociedad. 'La ola de la Revolución lo ha barrido', concluía, 'y quedará en nuestras páginas sólo como ejemplo de los errores a que nos condujo una apreciación versallesca del quehacer espiritual'.

Por su parte, Alvaro llamó a su trabajo 'El aullido', y pregonó que sí, que era literalmente el aullido de los jóvenes, de los que emergían pujantes con la victoria revolucionaria y se declaraban abierta y paladinamente sus portavoces. 'Nuestra palabra ha de ser la palabra de la Revolución', y esta palabra debía ser manejada como un arma, 'como una ametralladora'. Abogaba por la destrucción de los falsos valores, por someter toda la cultura anterior a la acción corrosiva de la crítica, por una limpieza a fondo de 'la costra de provincianismo y mentecatez que cubría la vida intelectual del país'. Una nueva época surgía: 'La época de la pasión, de la exactitud crítica más lacerante y del compromiso'. Rechazaba por estúpida la acusación de que la postura asumida por ellos, los nuevos, era obra del resentimiento, y también, precisamente, de su falta de obra. En contrario, reclamaba para sí: 'Podemos identificar nuestra rebeldía con la rebeldía de nuestra sociedad.' Hinchaba los pulmones para gritar: 'Toda Latinoamérica espera nuestra verdad'. Un párrafo entre patético y arrogante allanaba el camino para el aullido final: 'Aunque después seamos negados o afirmados en el futuro, *el presente es nuestro*'. Era, a todas luces, un desafío a los que hasta entonces habían dirigido los rumbos de la cultura cubana, y los términos conque cerraba el fogoso alegato no dejaban lugar a la más ligera duda: 'Ante los que pretenden permanecer en su pellejo seco y estúpido —vociferaba Alvaro— les decimos que no nos harán callar, que continuaremos proclamando nuestra verdad, que seguiremos destruyendo sus falsos prestigios'.

Ovidio, en una crónica que denominó 'Puntualizando', hizo historia de su ya ancha permanencia en los medios culturales isleños. Considerando cadáveres a los que años atrás había frecuentado literaria y personalmente —aunque siempre, según aclaraba, en papel de oveja negra—, proponía, tácitamente, que se les ignorara, dejando que se enterraran a sí mismos. El recuento tenía, pues, un carácter de nota necrológica, y desde este obituario Ovidio rememoró el momento —harto lejano desde la presente circunstancia histórica— en que fue sacado de *Inicios* 'por no estar dispuesto a formar parte de una revista hecha a base de genuflexiones y ditirambos'. Aseveraba que habían tenido que apelar literalmente a la fuerza para expulsarlo. Contaba que cierta vez le había mostrado un poema suyo al 'crítico oficial' del grupo y que éste se había escandalizado porque en él aparecía la palabra gonorrea. 'Sin embargo, ellos empleaban nácar, lebrel, cipreses (que no los hay en Cuba)'. Desde una modesta publicación que fundara había denunciado todo el culteranismo trasnochado de esa poesía vacua y palabresca que no conducía a ninguna parte. 'Tanta verba pomposa, tanto oropel me daban náuseas'. No obstante, y reconociendo solapadamente el peso cultural que aún ejercía el Maestro, dejaba escapar este quejido que era toda una evidencia: '¡La generación actual no ve las santas horas de quitárselo de encima!' Sabiendo que nadaba entre dos aguas, que por su iconoclasia podía tener un pie en el presente, pero que su edad y formación le tiraban del otro desde el pasado, guarecía su vulnerabilidad repartiendo pescozones imparciales entre los nuevos. Así, los reprendía como a chiquillos malcriados 'que empiezan a chillar y patalear si no se les publica un poema o si no se les menciona en un artículo sobre literatura cubana'. Los llamaba a contar con esa graciosa utilización que hacía del lenguaje popular: '¿Se peinan o se hacen papelillos?' Y terminaba su distribución de pellizcos y tirones de oreja con tono sentencioso: 'En el instante actual el tiempo que se gasta entre nosotros en chismografías y conspiracioncillas desborda abismalmente el que debía usarse en una dedicación seria y constante al trabajo creador'.

Sorpresivamente Orestes, que jamás se había caracterizado por ímpetus bélicos, entintó las hojas de *Renovación* con un artículo de severidad doctrinaria en el que los vocablos arma, combate, heridos, muerte se amontonaban. Desde luego, las armas estaban cargadas no de plomo sino con adjetivos e ingeniosidades verbales, y las andanadas lanzadas contra el enemigo rociaban a éste sólo de un chaparrón sintáctico. Pero aun así pasmaba el inusitado léxico utilizado por Orestes. Con énfasis tribunicio postulaba que 'la perennidad de la literatura por encima de las contingencias individuales y del mundo es uno de los más bellos y conmovedores argumentos ideológicos de los intelectuales reaccionarios'. Sin esfuerzo, el párrafo habría podido insertarse en un editorial, al igual que el corolario que se continuaba: 'Lo que nos deja estupefactos —asombraba Orestes— es el hecho de que los escritores reaccionarios confunden su destino como clase social con la causa futura de la literatura'. La especificación a un renombrado profesor de filosofía, que en una 'glosa' impresa hacía poco en un rotativo se lamentaba, con la burilada expresión que peculiarizaba su estilo, de que 'al fracturarse las estructuras políticas se producen brechas por las que se cuela siempre cierta anarquía de los elementos marginales'. Los elementos marginales, naturalmente, eran ellos, y Orestes le hacía frente al atildado ensayista no desde el joven escritor que era, sino desde su plena identificación con la revolución. Se escudaba en ella como quien se protege detrás de una trinchera: 'No sabemos de ninguna

Revolución que vaya despacio —le replicaba soberbiamente—, que tome en cuenta las jerarquías. La revolución implica una creación de valores diferentes y por tanto la eliminación de los viejos valores'.

De este modo la contienda ideológica desatada por *Renovación* cubrió todas las posiciones, se libró en todos los frentes: contra la inteligencia reaccionaria o conservadora; contra los que habían mutado la convicción por la ostentación y contra los que mantenían una posición a todas luces obsoleta, desacreditada por el empuje histórico de la revolución. Los integrantes de *Renovación* estaban exultantes. Ninguna otra generación ni grupo se había atrevido a tanto. Desde la creación del Grupo Minorista nadie como ellos había sacudido la pasividad, el conformismo, la beatificación por la que se deslizaba —y hastiaba— la vida cultural cubana. Ellos lo habían hecho. Por primera vez en treinta años un aliento vivificador estremecía la carcomida torre de marfil donde se había refugiado, enclaustrado y apolillado la intelectualidad nativa. El presente, pues, como se había encargado de anunciar Alvaro sin el menor sonrojo ni embozo, era de ellos.

Empero, cuando circuló el primer número de *Renovación* alguien comentó con maliciosa sonrisa:

—Nada nuevo bajo el sol. Como desde el reinado de Salomón el problema se reduce a una lucha de posiciones entre los que están y los que quieren estar. En cubano: quítate tú para ponerme yo.

Muy bien podía haber sido una sentencia de Ovidio.

BIEN, PARECE QUE EL PRIMER NUMERO DE de *Renovación* en efecto fue una bomba. No cien como quería Rey, pero sí una por lo menos. Y de gran potencia. Pura dinamita, TNT. Y estalló como se esperaba. No hay tímpano que se haya librado de su explosión. Ensordeció a cuanta oreja literaria pulula por aquí. No creo que el gran público la oyera. Nos cocemos en nuestra propia salsa. Curioso que no hayan respondido. Han dado la callada por respuesta. Como de costumbre, adoptan un aire de superioridad: estamos muy por debajo de ellos para que se tomen la molestia de contestar. Somos una banda de rufianes que queremos ganar fama a su costa. Les tiramos piedras para llamar la atención. Pero ellos no van a ser tan ingenuos de caer en una trampa tan evidente. Ellos tienen una obra hecha, los respalda su sostenida actividad intelectual. Por el contrario, ¿nosotros qué somos? ¿Dónde están nuestros libros? ¿Qué labor valedera en el orden de la cultura hemos realizado nunca? Poetas de una media docena de versos, novelistas que no han escrito el primer capítulo de *su* novela, ensayistas que sólo han pergeñado uno o dos raquíticos artículos plagados de citas porque carecen de un pensamiento propio —todo porque han estado en París perdiendo el tiempo en interminables discusiones de café, *bavardeando* como dicen los franceses. Ahora buscamos un rápido prestigio agrediéndolos, queremos igualarnos a ellos por la vía del insulto. Parásitos de su dedicación, eso es lo que somos. Por ello nos tildan de resentidos. Pero se equivocan. Hay resentimiento en nosotros, sí, pero no únicamente porque ellos tienen una obra y nosotros no; no tan sólo porque furiosamente estemos tratando de desplazarlos: lo hay porque en parte nos sentimos defraudados. Es cierto, rigurosamente cierto que trataron de vivir de espaldas al país. Ignoraron, desdeñaron la realidad de este pueblo y de esta tierra para fabricarse un paraíso artificial. Cerraron los ojos ante la corrupción, la desvergüenza en que nos arrastramos. Con olímpico desprecio rechazaron mezclarse a la vida civil por miedo a contaminarse. Y aun en su obra, no hay en toda ella una sola página que sirviera de aliento al pueblo para su regeneración. Siempre poemas herméticos, prosas indescifrables, textos que ni por asomo rozaban las preocupaciones verídicas de esta desventurada isla, los problemas de cada día del hombre común. Muy bien, pero, ¿y uestedes? ¿Dónde están sus obras literarias o artísticas de servicio directo a la nación, de utilidad combatiente? Acusan a la generación pasada de un pecado que ustedes llevan también en la masa de la sangre. El pecado original del intelectual: su congénita incapacidad para ejercer la violencia. Le atrae, la ronda, coquetea con ella, pero pocas veces la incorpora a sus actos. Unicamente la asume mientras consigue retenerla en el campo intelectual; al corporizarse, la abandona. Vuelves a ser injusto, quizá. En lo que toca a la generación que nos precedió, ¿no es posible que su desapego de la realidad, especialmente política, fuese un modo de rechazar cuanto injuriaba a Cuba? Construyéndose un mundo propio, nítidamente espiritual, ¿no buscaban tal vez otorgarle grandeza a un país ahogado en la más abominable mediocridad? ¿No lo dio a entender así alguna vez el Maestro? Fueron limpios en su comportamiento cívico, nadie les puede señalar una mancha, nada que dañe su moral. Se mantuvieron fieles a los principios en que apoyaron sus vidas y su obra. Muchos de ellos pudieron haber ingresado en el periodismo, en las cátedras universitarias, haber aspirado a los cargos que brindan relumbre y una holgada situación económica. Sin comprometerse demasiado, muy bien pudieron ser una suerte de intelligentzia oficial. Otros, con menos méritos, lo fueron. Ellos prefirieron su lugar sin brillo, la humildad creadora, la dedicación a una tarea ennoblecedora. Si algún orgullo, incluso soberbia, les cabe es el de haber defendido su reino, el inasible territorio de la creación espiritual, como un coto cerrado.

Dentro de esos límites sí fueron implacables. Nadie que no tuviera la altura que ellos creían tener podía traspasarlo, casi ni asomarse a él. Por preservarlo fueron inhumanos, aun crueles. Formaron una especie de casta, de linaje que en una equivalencia social se correspondía a un cuerpo aristocrático. Tal vez no tenían una conciencia muy clara de ello, pero ejercían su autoridad con un despotismo monárquico. De aquí —es posible— esa preferencia, esa inclinación por las palabras cortesanas que se le ha señalado a sus trabajos. Pero su reinado era de una factura diametralmente opuesta a la terrenal. En verdad, habían renunciado a éste para alcanzar el otro, el suyo, aquel que oponían como una hermosa posibilidad a la corrupción, la vulgaridad, el filisteísmo. De acuerdo, pero eso no bastaba, era insuficiente, y la revolución ha venido a demostrarlo. Era tonto, y casi torpe, querer fraguarse un ámbito incontaminado. Era una ilusión insostenible. No había castillos, ni torres, ni aun guaridas posibles. Sólo por un acto de fe demente podía pensarse en cotos donde se salvara la pureza. Ningún hombre es una isla. ¿Cómo entonces aspirar a ser justamente una isla dentro de otra? Visto de ese modo, desde aquí, desde hoy todo resulta sencillo. Es fácil mirar desde el ojo de la historia: todo está quieto y deslindado. Pero tener una pupila serena en el caos ya no lo es tanto. No es tan simple como quieres presentarlo, sino muchísimo más difícil, complejo y torturante. ¿Qué éramos? ¿Quién tenía confianza en el ser cubano y en el hacer propio? Perdido el destino como nación por el sometimiento colonial a las dos potencias que se habían turnado para mandarnos, mirábamos hacia los Estados Unidos o hacia Europa porque lo próximo nos humillaba. Pero en justicia no sabíamos lo que queríamos, lo que buscábamos. Nos desgarrábamos. Y ellos, esa generación contra la que se ensañan ahora, son la resaca de una cadena de frustraciones —en este instante luminoso piensas, quieres creer, confías ciegamente que se ha llegado al último eslabón. Arrastran todos los fracasos, las desesperanzas, la rabia amarga de este pedazo de suelo intentando una y otra vez, con esfuerzo patético, ser país. Son los herederos de Casal, de Castellanos, de Loveira, de Poveda, de todos los que alguna vez se sintieron extraños a esta tierra, extranjeros sin patria y sin destino, existiendo en sí mismos y para sí mismos como en el centro de un enorme vacío. Ellos son los descendientes directos de un fraude secular. ¿Qué iban a hacer? Obligados a encoquillarse, a guarecerse dentro de sus conchas como moluscos, resistieron hasta el sol. Y a la sombra, bien resguardados de los percances exteriores, hacerce su vida. Una vida ejemplar en su desapego a las tentaciones, en la rectitud de la conducta adoptada, trabajando por y para el mundo del espíritu, acechando lo mejor de la creación para incorporárselo, intentando la grandeza. Y he aquí que ahora nos toca a nosotros destruirles sus sitios de seguridad, sacarlos a puntapiés de sus bellas caracolas, quemarles sus valvas para que enfrenten la miserable luz que rehusaron. No es grato este papel. Pero, ¡qué se le va a hacer!

Unos cinco años atrás Orestes había bajado de un ómnibus interprovincial con una maleta no muy voluminosa en la mano derecha y una jaba de mimbre en la izquierda. No conociendo La Habana, tomó un taxi y le dio al conductor la dirección de una casa de huéspedes en el Vedado, que llevaba anotada en un papel. Durante el trayecto no despegó los ojos de la ventanilla, mirando ávidamente las calles que el automóvil recorría, los comercios abiertos, los edificios, la gente que atestaba las aceras, sintiendo que un gozo supremo lo invadía. No experimentaba la menor nostalgia por la población donde había nacido y crecido y de la que diez horas de rodar del ómnibus acababan de separarlo, ni el más leve temor ante la ciudad, descomunal para sus ojos pueblerinos, en la que se adentraba. Era una espléndida mañana de septiembre y cuando el taxi lo dejó a la puerta de la que sería su nueva morada, dentro de Orestes ya había arraigado la determinación de no regresar nunca más a su provincia. Había leído a Balzac y conocía las palabras de Rastignac lanzadas como un reto sobre París desde las alturas del cementerio de Pere–Lachaise. Las repitió.

Su traslado de la capital de la provincia donde naciera a la capital de todas las provincias, obedecía a su ingreso en la universidad de La Habana. Podía haberse matriculado en la de Oriente, entre cuyas carreras figuraba la que él había elegido, Derecho; pero ello, a pesar de que la distancia entre Camagüey y Santiago era más corta, lo habría alejado todavía más del centro cultural donde él quería radicarse para así poder despojarse del lastre parroquial que aún acarreaba y que todo poeta o artista joven desea sacudirse cuanto antes. Porque hay que decir que ya Orestes, aun en el oprobioso medio de una población del interior del país, era poeta, y lo demostraban sus cuadernos de estudiante, más llenos de versos, cuentos cortos, pensamientos, esbozos de piezas teatrales que de las materias que se suponía debían contener; lo comprobaba también su aislamiento en las aulas del instituto, su carácter retraído, los pocos amigos que tenía, el no vérsele nunca en bailes ni fiestas —su único entretenimiento era el cine, al que acudía con la misma unción que la mayoría de sus condiscípulos a la misa dominical— y sí frecuentemente caminando al azar por las calles más apartadas, especialmente de noche, y sobre todo que siempre, indefectiblemente, tenía un libro bajo el brazo, que leía en cuanta ocasión y sitio le fuera propicio. No era apegado a la familia, con la que mantenía relaciones cordiales, pero en absoluto íntimas. Su vida poco tenía que ver con la de su madre —viuda desde que Orestes empezara a mudar los dientes—, que le preparaba sus comidas, le lavaba la ropa y se preocupaba por la marcha de sus estudios; menos aún con la de su hermana, casada y con el vientre vuelto ya a hinchar cuando su primer hijo apenas conseguía tenerse en pie, y muchísimo menos con la de su cuñado, obrero de una fábrica de conservas que regresaba todas las tardes oliendo a salsa de tomate o a coles encurtidas. Lo despreciaba con la misma intensidad que aquél se burlaba de las 'raras' costumbres de Orestes, imitando su voz quebrada, el aleteo de sus pestañas, la manera femenina de llevarse las manos a la cintura cuando se irritaba. 'Cuidado con un aire, hijito', le decía con timbre musical y soltaba una carcajada que Orestes hubiera querido incrustarle de un puñetazo en la garganta, pero en vez de utilizar sus puños, lo que Orestes hacía era recrudecer su desprecio, al punto de volverle la cara cuando se cruzaban. Esta situación y el acceso a su título de bachiller decidieron la salida de Orestes de Camagüey.

En la Habana, Orestes siguió practicando su vida provinciana. Se matriculó en la universidad y asistía a clases con metódica regularidad, sin faltar un día; pero ocupaba su banco en la Facultad de Derecho con mayor hastío que cuando cursaba el bachillerato. Como distracciones casi únicas mantenía su adhesión al cinematógrafo y su placer de vagar por la ciudad, la cual recorría con pupilas deslumbradas, imaginando que aquello era la grandeza, particularmente las calles de la zona comercial y las aledañas al Parque Central. Le gustaba también registrar los callejones de la antigua Habana y como *Cecilia Valdés* era uno de los contados libros cubanos que lo habían seducido, trataba de identificar los sitios y aun las viviendas descritas por Cirilo Villaverde con las que él repasaba ahora. Orestes se daba a aquel rastreo como a un delicioso juego de irrealidades. Amaba igualmente el Malecón, con seguridad por oposición a las secas llanuras que rodeaban su ciudad natal, y a veces, especialmente en noches de domingo, cuando se hallaba atestado de paseantes, caminaba por su ancha acera del Vedado al Castillo de la Fuerza, y si la fatiga no lo vencía continuaba por la Avenida del Puerto, orillando bares escandalosos y prostitutas, hasta el embarcadero de Luz. Pues aunque Orestes era un solitario, un misántropo que amparaba su intimidad como un avaro su riqueza, gozaba vivamente observando a la gente, atendiendo a lo que hacían y decían. Como una célula extraviada iba y venía por el tejido de la muchedumbre. Pero su mayor deleite, el que disfrutaba a plenitud, era introducirse en las librerías, lo mismo en las de Obispo y O'Reilly, que expedían las novedades literarias, los últimos libros llegados a Cuba, que en las de viejo, dispersas por toda la urbe. Husmeaba en ellas con el solaz de un ratón ante una despensa abarrotada de comestibles; revisaba uno por uno los anaqueles leyendo los títulos de los volúmenes agrupados por materias, tomando alguno que le interesara y hojeándolo de la portada a la última página, sopesándolo como quien calibra una mercancía preciosa, saboreando incluso su olor. Como su economía era precaria, seleccionaba con un cuidado extremo aquellos que adquiría, doliéndole tener que mercarlos luego para hacerse de otros que también ansiaba leer.

Fue precisamente en una librería donde Orestes conoció a Luis Manuel. Se relacionaron, lógicamente, a través de los libros y Orestes quedó maravillado del despliegue de autores, obras, movimientos literarios que Luis Manuel le citó. Le descubrió que aun en Cuba existían escritores importantes que él nunca había oído mencionar o cuyos nombres había escuchado remotamente alguna vez. Luis Manuel los nombró familiarmente, comunicándole los libros que habían escrito, el valor de éstos, así como las rivalidades que existían entre ellos, sus recelos, envidias, las cominerías que alimentaban el mínimo mundo literario nativo. De libros y autores pasaron a hablar de sí mismos, y Orestes le refirió su asfixia en el ambiente provinciano del que había huido, su anhelo de entrar en contacto con personas que tuvieran sus mismos gustos e inclinaciones, confesándole que había escrito algunos poemas y cuentos pero que no había tenido a quién mostrárselos, pues en su pueblo se podían contar con los dedos de una mano los que se interesaban por la cultura. Luis Manuel lo invitó entonces a que lo visitara en su casa — un apartamento que poseía en el Vedado—, donde, le dijo, todos los martes por la noche se reunía un grupo de escritores —casi todos poetas—a conversar sobre literatura, arte y a leerse sus trabajos. Si él tenía algo escrito —ya daba por hecho que Orestes había aceptado su invitación— debía llevarlo, pues la opinión de los demás le sería muy útil. Cuando Luis Manuel, al despedirse, le estrechó la mano oprimiéndosela cálidamente Orestes intuyó que una afinidad no exclusivamente literaria los aproximaba.

Fue así como Orestes se insertó en el centro de un fascinante mundo nuevo, y para él fue como si por fin hubiese encontrado su lugar en la tierra. Lo imaginado, deseado, soñado en Camagüey se verificaba aquí. La vida para la que se sentía preparado y aun destinado se abría ante él. Lo supo con nítida conciencia la primera noche que acudió al apartamento de Luis Manuel. Unas diez personas, todos hombres y en su mayoría jóvenes, estaban allí, instalados en los muebles o regados de cualquier forma por el salón. Tomándolo del brazo, Luis Manuel lo presentó como aun joven poeta camagüeyano que él había descubierto; lo paseó por la casa deteniéndose frente a los cuadros, en su totalidad originales de pintores cubanos, que colgaban de las paredes y hablándole ligeramente de ellos como quien domina a la perfección una materia y le bastan unas pocas indicaciones para explicarla. Por último, lo sentó a su lado poniéndole en la mano un vaso de jaibol que envolvió en una servilleta de papel. Orestes vio entonces a Ovidio. Era el de mayor edad en el grupo, parecía fungir de maestro y acaparaba toda la atención. Alto, delgado, de cara angulosa, tenía unos ojos tremendamente vivos que parecían poseer el don de la ubicuidad. Hablaba no sólo con la boca sino con todo el cuerpo, que hacía cambiar de posición a cada instante. El coro que lo cercaba reía a carcajadas de sus ocurrencias y lo aguijoneaba a preguntas, especialmente literarias, y más especialmente acerca de escritores cubanos actuales, vivitos y coleando, a los que Ovidio calificaba con las invectivas más punzantes. No respetaba a ninguno, todos eran unos mediocres, cuando no analfabetos sin redención. Orestes le escuchaba a la vez que incursionaba en los rostros de los presentes, en sus gestos, en su modo de vestirse, en el impacto que la charla del que hablaba ocasionaba en ellos. Una blanda penumbra los cobijaba, favoreciendo una atmósfera cómplice, pues la única luz existente la difundía una lámpara de pie encendida en una esquina, y el bar rodante estaba cargado con botellas de diferentes licores, un cubo de hielo y fuentes con fiambres, sirviéndose cada cual en el momento que lo deseaba. Orestes se sintió rápidamente a sus anchas, y no pasó por alto la escrutadora mirada que Ovidio le echó apenas tomó asiento, revisándolo de pies a cabeza en inspección que le pareció aprobadora. Asimismo notó que Luis Manuel lo hacía objeto de una atención especial, preguntándole si quería este whisky o aquel coñac, ofreciéndole con sus propias manos las bandejas con aperitivos. Sonriendo, Orestes llevó el vaso a sus labios y con un sentimiento de dicha total se hundió en la muelle butaca de cretona.

Luis Manuel proyectaba fundar una revista cuya dirección le confiaría a Ovidio por ser la figura más destacada y polémica del grupo. Debía ser una revista con vigor juvenil, donde tuvieran cabida los nuevos valores, pero exigente hasta la severidad respecto a los materiales a publicar. Todos, indefectiblemente, tenían que ser de calidad. Ni una línea que no respondiese al gusto más depurado sería impresa, y en este aspecto no se tolerarían favoritismos de ninguna clase. Además, se divulgaría la literatura mundial dando a conocer las obras más recientes que se publicaran en Europa o en los Estados Unidos. Informaría acerca de los movimientos y las tendencias literarias y artísticas más novedosas. Para ello en cada número se insertarían traducciones del inglés y del francés, así como críticas y comentarios a obras contemporáneas universales. De esa manera, aclaró Ovidio con un respingo, como si un olor inmundo le lastimara el olfato, iríamos largando la mugre aldeana que nos cubría. Pero no se caería en la trampa de *Inicios,* que se abroqueló en un seudouniversalismo irritante con ignorancia y desdén de las manifestaciones culturales nuestras, principalmente las de los jóvenes. Para éstos había sido casi imposible franquear sus murallas. En nombre de un pretendido virtuosismo se les negó la sal y el agua a quienes expresaban ideas distintas o contrarias a las suyas. Para publicar en sus páginas había que ser incondicional de la estética del grupo que la regía y muy marcadamente del Maestro, al cual había que acercarse con devoción beata. Por otro lado, siguió disertando Ovidio al corro de orejas empinadas y bocas babeantes, se habían estancado, los de *Inicios,* en fórmulas vetustas, ya ampliamente superadas por las actuales tendencias literarias europeas. En verdad, a estas alturas resultaban tan académicos como los prestigios que se propusieron desvalorizar y ridiculizar. Hablaban todavía de heraldos y diamantes cuando Joyce ya había comparado el mar a un moco verde y el sol podía ser una yema de huevo. Unicamente —dio una patadita en el suelo—en un país de ciegos como éste podían ellos, tuertos y mancos de mente, hacerse pasar por reyes.

Poniéndole una mano en el hombro, Luis Manuel le preguntó a Orestes si había traído algún trabajo suyo para leer.

Orestes enrojeció, se arregló en la butaca y bajando la vista —cohibida o tal vez ladinamente— asintió mientras apretaba en sus dedos tres poemas pulcramente copiados a máquina. Luis Manuel lo alentó a que los leyera. Orestes alzó las cuartillas pidiendo disculpas por anticipado, diciendo que eran poemas muy malos, que él no se consideraba poeta... Ovidio lo interrumpió haciéndole saber que los que estaban allí para juzgar eran ellos, que él se limitara a leer y luego le darían su opinión, y que no esperara compasión de su parte. En silencio, sin el menor comentario ni el más leve gesto que revelara aprobación o rechazo, pasó el primer poema —un soneto de métrica impecable—, e igual suerte corrió el segundo —homenaje a Góngora de factura más libre pero todavía escrito con palabras cuidadosamente elegidas—, hasta que al concluir el tercero —una suerte de epigrama contra la familia—, Ovidio no esperó a conocer el juicio de los demás para explayar el suyo: 'Creo, joven —le dijo condescendiente a Orestes—, que usted todavía se suena las narices con un pañuelito de encaje, pero hubo un coño en su último poema, el más breve y por cierto el más logrado de los tres, en que advierto ciertas posibilidades poéticas para usted'. Un cloqueo unánime de risas desencajó el círculo de caras–de–circunstancias, y no sólo por la manera tan singular en que su mentor había apreciado la poesía del recién venido sino porque su juicio, no condenatorio en el fondo, los libraba de exprimirse la cabeza buscando consideraciones más serias. Podían juzgarlo ligeramente, sin comprometerse. Alguien encontró 'interesantes' los poemas de Orestes y otros que tenían 'duende' y demostraban una buena formación en sus lecturas de poetas. Orestes se sintió eufórico al ser, aunque fuera por unos momentos, el centro de aquella reunión, y feliz porque sus poesías no habían sido recibidas con indiferencia o burlonamente, como temía. Luis Manuel aprovechó la ocasión para tirarle el brazo por la espalda y arrinconarlo un poco contra sí.

La reunión, que giró infatigablemente alrededor de literatura y chismografía literaria, rebasó la medianoche. A la una sólo quedaban en el departamento cuatro personas, incluyendo a Ovidio y al anfitrión. Varias veces Orestes había querido marcharse, pero siempre lo contuvo la mano blanda y cálida de Luis Manuel. Le repitió que no se fuera, que esperara a que los demás partieran para así poder ellos conversar en una mayor intimidad. Le sugirió que si acaso se le hacía demasiado tarde podía quedarse a dormir allí, en su casa. Procuraba que de la mano dee Orestes no faltase un vaso de licor, y los que ya había tomado hacían que el poeta debutante empezara a ver las cosas deliciosamente y que una locuacidad insospechada, a borbotones, se destapara en él. Hablando casi como si cantara confesó que se sentía inmensamente feliz, que la reunión de esta noche le había revelado cuál era su verdadero mundo, que quería ser como ellos, vivir como ellos, hacer lo que ellos. Se quejó hasta las lágrimas de los años perdidos —aún no había leído a Proust— en su provincia y gimoteando, chillando, juró que jamás regresaría a 'ese horrible lugar' aunque tuviera que fregar platos en una fonda. Haría cualquier cosa con tal de quedarse en La Habana. Luis Manuel lo consoló prometiéndole que ellos lo ayudarían, de modo que no tendría que volver a su pueblo. El, Orestes, era un joven sensible, con una definida vocación artística, y llegaría a ser un magnífico poeta, ya lo vería, y, personalmente, en todo momento podía contar con su protección... Orestes no recordaría después con precisión en qué momento, amodorrado por el alcohol, se tiró en el sofá cubriéndose los ojos con el antebrazo mientras una respiración afanosa le estremecía el pecho. Lo que sí supo con absoluta certeza es que despertó en una cama que no era la suya: era la de Luis Manuel. Pero lejos de hacerse ningún reproche comprendió que aquel tenía que ser el final previsible de la reunión y el lógico principio de su nueva vida.

La revista mencionada por Luis Manuel se fundó bajo el título de *Cuadernos,* y a pesar de que tuvo una vida corta e irregular, Orestes fue uno de sus más empeñosos colaboradores. En ella se dio a conocer como poeta, cuentista, dramaturgo y autor de agresivas notas, muchas de ellas anónimas, contra personajes y obras del medio literario criollo. No terminó la universidad, sino que bajo el mecenazgo de Luis Manuel pudo dedicarse por entero a las letras. Hacia 1957, *Cuadernos* dejó de existir y Orestes se fue a los Estados Unidos donde conoció a algunos sedicentes escritores cubanos radicados allí y que saldrían de su exilio económico con el acceso al poder de la revolución. Orestes retornó a Cuba a mediados de 1958. Seis meses después se producía la victoria rebelde, que lo tomó de sorpresa y cuyo alcance —por las implicaciones que individualmente le traería— ni remotamente sospechó en aquellos momentos.

La biografía de Ovidio era más enredada. De mayor edad que sus discípulos de *Cuadernos,* había hecho sus primeras armas literarias en la década del 40. Un comprimido volumen de versos le dio ingreso en la literatura cubana. Se alió a los redactores de *Inicios* y tuvo una fugaz luna de miel con ellos; pero prontamente su rebeldía, su soberbia y su permanente irritabilidad lo hicieron irse a las greñas con aquel grupo. Trató de editar por su cuenta una revista cuyo primer número costeó empeñando sus prendas de vestir; pero como tenía pocos trajes y pantalones no hubo más que ese número. Entonces, y por algunos años, fue una suerte de escritor clandestino. Escribía, y escribía mucho, pero no publicaba. Peleado como estaba con todo el mundo, nadie quería sus colaboraciones. De ahí que empezara a mandar sus trabajos a publicaciones extranjeras y que de cuando en cuando les fueran impresos por éstas, con lo que su cotización nativa tuvo un alza. Y de ahí también, quizás, que girara hacia el teatro. Una obra de teatro podía pasarse sin edición: bastaba que fuera representada para hacerse pública. Le estrenaron dos o tres y una de ellas levantó cierto escándalo —la levísima resonancia que en el neutro ambiente cultural de los años 40 podía suscitar una actividad artística— por la audacia que supuso la transposición de mitos clásicos a grotescos símbolos criollos. El 'Niño terrible' que había sido Ovidio en la poesía y en sus relatos se duplicó en el escenario, echándose encima, además, la pelambre de 'Lobo feroz'. Una lengua afilada, corrosiva, serpeaba a sus anchas por las piezas teatrales como antes había enviscado poemas y cuentos. Para él no parecía haber nada digno de respeto, y se burlaba esencialmente de la sociedad, escarneciendo sus convenciones, pisoteando sus costumbres, baldonando su moral como un lancero que exhibiera una cabeza degollada en la punta de su pica. La maquinilla inventada por Kipling para moler a la humanidad la manejaba él con destreza exquisita, aplicándola concienzudamente a la carne del buen burgués, que reducía a mera piltrafa. Marchó al extranjero. Por varios años radicó en Sudamérica y luego se trasladó a París. Pero tanto en el cono sur de América como en la capital de Francia, se dio cuenta de que el exilio no estaba hecho a su medida. Conoció a escritores de otras nacionalidades, perfeccionó su francés y hasta logró que una conocida casa editorial le publicara un libro; pero en lo fundamental siguió siendo el cubano nostálgico que añoraba las tertulias con sus amigos, las soleadas calles de La Habana, su pueblo bullicioso y gritón, sus cafés alrededor de cuyas mesas de mármol se sentaba a ejercer infatigablemente la maledicencia. En verdad, su periplo extranjero no fue sino una melancolía creciente, arrastrada a través del tiempo y los lugares, y que a veces se deshacía en llanto en la soledad de sus cuartos de hotel. No, decididamente Ovidio no había nacido para el desarraigo. Y un buen día —el más radiante de todos en muchos años—hizo sus maletas, tomó un barco en El Havre y siguiendo la misma ruta que Colón había intuido para descubrir el Nuevo Mundo, cruzó el Atlántico. Desembarcó en la isla tal como había partido, idéntico a sí mismo, pero ahora con la inconmovible resolución de no dejar más su país aunque lo embarraran de mierda de los pies a la cabeza. Su íntima amistad con Luis Manuel decidió que éste lo nombrara director de *Cuadernos,* poniéndolo a la vez bajo su abrigo económico, pues Ovidio padecía de una incapacidad innata para ganarse la vida en otro trabajo que no fuera el de las letras. Como a la mayoría de los componentes de *Cuadernos* la política le tenía sin cuidado; la despreciaba profundamente. No veía ninguna relación entre la vida espiritual y la pública, y si alguna veía era para asegurarse que la única meritoria, realmente digna de vivirse, era la primera, mientras que la otra no era sino una sentina que todo lo enlodaba y llenaba de fetidez. Estaba en desacuerdo con la tiranía de Batista, con los crímenes que a diario cometía su policía hamponesca y lombrosiana. Pero existía para él un foso insalvable entre aquellos signos de bestialidad y el universo artístico. La violencia criminal desatada era un síntoma más de la general bestialidad humana, y únicamente conservando inmaculado el refugio del intelecto podía tal vez rescatarse algo del desastre en que naufragaba la humanidad. No obstante, en la órbita en que se movía, su función directriz de *Cuadernos* le permitió seguir produciendo ronchas entre los escasos .trabajadores literarios. Su mordacidad se encaminaba muy especialmente hacia los fundadores de la ya fenecida *Inicios*. El rencor de Ovidio por éstos había devenido personal, al ser, años atrás, expulsado físicamente de la revista. En efecto, una noche de gresca cultural lo habían echado a viva fuerza de la casa del director, que era asimismo la redacción de la revista. Ovidio nunca perdonó ni olvidó esa ofensa, y tiempo después, al toparse con el rector de *Inicios* en una prestigiosa institución cultural, lo agredió primero de palabra y a seguidas con las uñas y con los dientes. La trifulca no superó su condición de inofensivo intercambio de arañazos y mordidas entre el macizo Maestro y el escuálido sosias del desterrado romano, pero sirvió para que la atmósfera de apestado que envolvía a Ovidio se expandiera aún más, dándose a la fuga los pocos amigos que le restaban por miedo a que su relación con él les fuera a acarrear dificultades con los 'iniciados'. La disolución, por discrepancias internas, de *Inicios*, lo benefició, pues era el enemigo más ostensible de aquel coto, y los que le huían cuando era un excomulgado buscaban ahora su compañía y amistad, sobre todo después de que supieron que Luis Manuel lo había hecho director de la revista patrocinada por él. Este pequeño éxito duró exactamente lo que *Cuadernos* demoró en sucumbir, es decir, unos dos años, y la revolución lo halló, al arribar, tan escéptico política y socialmente como veinte años atrás, cuando se iniciara en la literatura.

Era todavia el tiempo de la dicha. Como un pequeño monarca —saco deportivo tirado al descuido sobre la espalda, corbata de seda, pipa y espejuelos de gruesa armadura—, Rey penetró en el que más tarde, en una sedosa crónica que desplegaría en *Renovación,* llamaría el parque más bello del mundo. Abarcaba una manzana entera, pechando principalmente la avenida 23 y la calle L. Rey caminó despacio, el fotógrafo de nombre inglés y apellido gallego a su vera, la cámara colgándole abandonada del hombro izquierdo, la camisa con las mangas dobladas hasta un poco más arriba de las muñecas y ligeramente abierta en el pecho. Lo primero que vio fue a las muchachas, vestidas con trajes tropicales de noche, de escote pronunciado, cabelleras cortas o recogidas, dientes espumosos y labios de púrpura, a las que encontró tan cubanas y tan elegantes y tan bellas. Pero Rey había venido a hacer un reportaje —él jamás lo hubiera llamado así, sino impresión o paisaje o panorama— del parque se se inauguraba esta noche y debía fijarse en otras cosas. Ya tendría tiempo para las *girls* una vez que hubiera cumplido su misión periodística, o mientras la cumplía, total ellas no se iban a ir y si se iban ya vendrían otras, la arribazón era inacabable. Fijarse por ejemplo en la arquitectura que era tremendamente moderna. Por ejemplo en esos platillos voladores donde se albergaban los pabellones con sus delgadas columnas centrales que les daban el aspecto de un parasol. Sí, mejor llamarlos parasoles que platillos. Menos usado y más cubano. Tampoco quitasol sino parasol. También más cubano. Rey, naturalmente, no tomaba notas. Su cabeza era como la cámara del fotógrafo que imprimía todo, chas, los parasoles, chas, las fuentes con sus surtidores de agua menuda, chaschaschas, las chicas bebiendo daiquirís copudos como helados o roncolins en cocos secos succionados con sorbetes o la graciosa cocacola que todavía era la pausa que refrescaba. Había que hablar por supuesto de los kioskos con maderas cubanas que Rey comparó a bunkers taínos con lo cual eso de que no hay nada nuevo bajo el sol se comprobaba y el Eclesiastés seguía siendo un libro infalible, y dentro de los kioskos y en los pabellones las muestras de la artesanía cubana y de su cerámica y de su tropicalísima bisutería a base de semillas, barro cocido y caracoles y también metales que luego ornamentarían el cuello de aquella trigueña —está buenísima— que succionaba el coco o la muñeca de aquella otra chiquilla —mi madre, qué culo— que reía como si tuviera diamantes en la boca. Era la luna de miel de la revolución y el Habana–Libre proclamaba en su gran letrero lumínico ser aún el Havana–Hilton y ya Rey y su fotógrafo habían escalado el piso 25 en uno de sus vastos y supersónicos elevadores para que el fotógrafo tomase una panorámica, como a vuelo de pájaro, desde la noche aterciope-lada, aunque a Rey no le gustaba esta imagen, pero no había otra, lo sentía, y Rey otra panorámica en su cabeza que era también como una cámara fotográfica pero que en lugar de grabar imágenes transformaba lo que aprehendía en hermosas y sugestivas palabras. Además de la panorámica, periodista y fotógrafo habían tomado sendos scotch–and–soda pegados al ventanal de vidrio que miraba 23, esa especie de vitrina sideral a casi cien metros sobre el nivel de la calle para que uno tuviera el mundo a sus pies y pudiera sentirse poderoso igual que si manejara un roadmaster lanzado a más de cien kilómetros por hora sobre una carretera de seis pistas, y claro que habían hablado de esta revolución que era tan cubana como las palmas y que no se parecía a ninguna otra y siempre sería así y todo el mundo estaba encantado excepto los latifundistas que habían sido siquitrillados por la reforma agraria y chillaban sus amarguísimos quejidos desde las hojas de *Prensa Libre* y *La Marina,* pero no había que tenerlos en cuenta porque era un grupito insignificante y la inmensa mayoría del pueblo estaba contenta, hasta los industriales que con eso de consumir lo que el país produce es hacer patria estaban vendiendo y ganando más que nunca, porque esta revolución era nacionalista y no roja como insidiosamente tratan de hacer creer *Time* y *Life* (y personalmente no tengo nada contra ellas, son dos estupendas revistas) y la prensa amarilla de los Estados Unidos, que no soportan que en América·Latina se produzcan movimientos revolucionarios porque consideran a estos países como su traspatio y quieren que todo siga igual a como cuando Colón nos descubrió y ahí están *Los pasos perdidos* de Carpentier (su libro, no él) para corroborarlo. ¿No has leído esa novela? Formidable. Una estructura de contextos: época precolombina, colonial, posindependencia y sociedad moderna. De la edad de piedra a los rascacielos de Caracas. Y todo a un tiempo y en un solo territorio, presumiblemente Venezuela. Lástima que necesite tantas palabras para exponer su tesis. Una selva de palabras. A machetazos hay que abrirse paso en esa manigua de sustantivos, adjetivos, preposiciones, conjunciones adversativas y copulativas... Se ahoga uno. Como en Asturias. No, no la región de España sino el escritor guatemalteco. Barroco también, como Carpentier, pero en América todos los escritores parecen ser barrocos (cuidado con las vocales). ¡Qué frondosidad! Una buena poda es lo que está pidiendo a gritos la literatura latinoamericana. A un novelista norteamericano le sobraría con la tercera parte de las palabras que Carpentier utiliza para decir lo mismo. Si Hemingway hubiera escrito *Los pasos perdidos*... Toma *El viejo y el mar,* por ejemplo. En menos de cien páginas una de las más hermosas novelas de nuestro tiempo. Un canto al coraje del hombre: derrotado pero jamás vencido. Invicto. Aunque la traducción de Lino es del carajo. Imagínate que convierte a los leones africanos conque Santiago sueña ¡en morsas! Pero en eso sí tenemos que aprender de ellos, de los americanos. Sobrios, directos. Y en tantas otras cosas. No pierden el tiempo porque saben el valor que tiene y por eso han desarrollado su país tan tremendamente. Aunque no sé quién dijo que los Estados Unidos era la única nación que había saltado de la barbarie a la decadencia sin pasar por la civilización. Pero no es más que una frase. Y producto del resentimiento. Lo cierto es que es la primera potencia del mundo. En cambio para nosotros el tiempo es un indio acuclillado a la puerta de su choza, con el sombrero encajado hasta los ojos para que no le moleste el sol, durmiendo o haciéndose el que duerme, mientras por encima de su cabeza pasan las nuebes. Claro que es una estampa de Edna Faber y para ella todo es *wonderful, so typical*, y con tal que Mamita Yunai siga con sus plantaciones de bananos en Guatemala, abajo Arbenz y viva Castillo Armas. Pero aquí no es Guatemala y ya la gente lo anda diciendo, con lo que si quieren invadirnos que se preparen a pelear. En fin, no hay que exagerar, son los republicanos con esa bestia de Eisenhower que no entiende nada de nada, pero el año que viene habrá elecciones y a patadas lo van a sacar de la Casa Blanca y si ganan los demócratas, como es seguro, las cosas serán distintas como lo eran en tiempos de Roosevelt. No hay que pensar en pelearse con los Estados Unidos y por supuesto nosotros no hemos pensado ni remotamente en ello. Lo único que queremos es un trato justo, que nos comprendan. Mira todo lo que puede lograr un pueblo cuando hace revolución. Ahí tienes la prueba. ¿Quién puede estar contra eso?

Eso era el parque que desde el Havana–Hilton ya Rey había pensado —pensando en su crónica— que era el más bello del mundo, y ahora viajaba por sus parterres tomando nota mental de las plantas que los poblaban —crotos, arecas, marpacíficos—para el toque tipicista, y fijándose en las fotos y en los mapas de Cuba divididos en áreas turísticas y en los murales como ese de Guido compuesto a base de letras y colores agresivos y la escultura de Ignacio que era en verdad pura chatarra, una malla de esas que se usan para proteger los árboles fingiendo raíces o pelos que nacían de una palma —la palma barbuda, pensó Rey, y pensó que a lo mejor sin proponérselo Ignacio había dado con un nuevo símbolo de Cuba—, y dedicarle un párrafo muy especial al óleo de Lam, bueno como todos los suyos si bien muy reiterado, una mujer con la cabellera como una cascada o como una cola de caballo y la cabeza tan mínima que apenas se distinguía, pero se prestaba para hablar del misterio tropical y de los signos de la isla. Bajo la noche de terciopelo suave —la imagen no le gustaba, pero, lo sentía, no había otra—, más *demoiselles*, todas buenas, buenísimas, de facciones, perfectas, elegantes y cultas que le eran presentadas a Rey y le decían su nombre que él no recordaría después, a la hora de hacer la crónica, pero sí las frondosas caderas de ¿Noemí? y los senitos en punta de su amiga la rubia ¿Julieta? y que ellas, tan cubanas, tan elegantes, lo llevaban, flanqueándolo, hasta el escenario con la fuente detrás como una cortina de aguas para que viese el espectáculo que naturalmente era típico con coros y claves y comparsas y rumberas sacudiéndose con todo su traperío. Y a los guagancós de Mercedita Valdés y del cabildo gangá siguió el adelante cubanos que Cuba premiará nuestro heroísmo y todos se pusieron en atención, las banderas verticales que ocupaban el centro del parque parecieron flamear aunque no corría una gota de aire, sino que había una calma chicha.

85

RENOVACION CRECIA Y SE ENCRESPABA como la espuma, llegando a ser, en menos de un año, la revista cultural más discutida del país. Su influencia en el sector intelectual era determinante. No bien vista por los componentes de la pasada generación ni por la mayoría de los adherentes de la extrema izquierda, carecía no obstante, en verdad, de opositores. Por lo menos abiertamente nadie osaba enfrentársele. Los miembros de *Inicios* habían optado por el silencio, confiando en que las aguas se aquietarían por sí mismas, y los otros a lo sumo le hacían algún tímido reparo a la confusión ideológica que advertían en sus páginas, pero le reconocían el mérito de poseer el ímpetu que correspondía a la edad de quienes la dirigían. Entretanto, *Renovación* se ocupaba de todo, haciendo sentir su peso no sólo en literatura sino en las demás actividades artísticas. Así cuando fue abierto el Salón Nacional de Artes Plásticas cargaron contra él como antes habían cargado contra los viejos representantes de las letras. En un artículo titulado 'Basta ya de Salones Nacionales', respaldado oficialmente como Nota de Redacción, se le echaron encima. 'El Salón es un derroche de mala pintura', bramó el anónimo o los anónimos redactores de la nota. Ni siquiera los consagrados se salvaron. La muestra de uno de ellos fue calificada de 'lamentable, imperdonable'. A otros, conocidos asimismo pero de menor renombre, se les decía que sus cuadros estaban 'más cerca de la ilustración que de la pintura'. Un grupo completo era situado dentro de 'esos académicos que hoy se llaman realistas socialistas'. Para *Renovación* el Salón muy bien podía haber sido ocultado, y terminaba pidiendo abiertamente que se suspendieran los salones nacionales 'y se acabe esa competencia de mediocridades'.

Pero, de acuerdo con Rogelio, crítico de teatro de la revista, el momento era eminentemente teatral, y *Renovación* debía ocuparse en profundidad de ese sector artístico. De modo que cuando recibió aquella invitación para el estreno de *El desalojo*, una de las primeras piezas que iba a escalar la escena después del triunfo revolucionario, llamó por teléfono a Gladys para que lo acompañara, calculando que así mataría dos pájaros de una pedrada.

Se instaló en la platea del Auditorium. El ambiente no podía ser más confortable: la sala discretamente refrigerada, asientos de felpa, pasillos alfombrados, la espesa cortina color vino tapiando el escenario, éste de proporciones adecuadas para la ubicación de la escenografía y el movimiento de los actores. Teatro de la burguesía, pensó Rogelio, donde por años y años habían venido celebrándose, esporádicamente, representaciones teatrales, y regularmente conciertos de música sinfónica, conservaba aún toda su elegancia, incluso solemnidad. No todas las lunetas estaban ocupadas por lo que Rogelio y su joven acompañante pudieron sentarse a sus anchas, sin vecinos que los perturbasen. Saludó a varios amigos dispersos por el salón moviendo ligeramente la mano en el aire. Después se concentró en la lectura del programa, después miró la cortina, después consultó su reloj y por último se inclinó hacia Gladys para susurrarle que como era habitual en nuestras funciones teatrales, ésta tampoco comenzaría a su hora. Eso, por supuesto, no ocurría en Europa ni en ningún país civilizado.

El autor de la obra, que era a su vez su director, supo enseguida que él, Rogelio, estaba en la sala y su inquietud se multiplicó —inquietud que lo llevaba a recorrer innecesariamente el escenario, a hacerles recomendaciones enteramente inoportunas a los artistas, a supervisar inútilmente la escenografía, a morderse las uñas y revolverse los pelos hasta darle a su cabeza el aspecto de un plumero, a preguntarle desesperadamente a su asistente dónde había perdido su libreto que tenía en el bolsillo trasero del pantalón. Los actores se enteraron también de la presencia del crítico teatral de *Renovación,* pero lo tomaron con más calma. Unos se encogieron de hombros, dándoles lo mismo que estuviera ahí como que se hubiera quedado en su casa; otros se alegraron viendo en ello la garantía de que la función sería comentada por la prensa, y otros hicieron un gesto de franco repudio, pensando —y diciéndolo— que era una desgracia que 'la mayor desgracia del teatro cubano' se encontrara en la sala. Era un mal augurio y los supersticiosos sacudieron el cuerpo como 'despojándose' o cruzaron los dedos detrás de la espalda. En fin, procurarían actuar olvidando que él estaba ahí, en algún lugar del salón a oscuras, mirándolos con aquellos ojos malignos que sólo sabían ver defectos.

El telón se abrió y la primera sorpresa que recibió Rogelio fue constatar que la escenografía de *El desalojo* respondía casi puntualmente a las de otras piezas de este autor que él ya conocía: el patio de una antigua mansión aristocrática, en la Habana Vieja o en el Vedado, convertida en casa de inquilinato, en solar. Rogelio recordó que la acción de sus obras anteriores también se situaba entre las clases más desposeídas. No era un yerro, al fin y al cabo. La mayor parte de la población cubana vivía pobre o modestamente y era legítimo recoger teatralmente sus problemas, más aún en este momento en que el gobierno se preocupaba por elevar su nivel de vida. Desde un punto de vista social no tenía, pues, nada que objetar. Pero a medida que la pieza se desarrollaba la coincidencia con las otras obras de este mismo autor se le iban haciendo palmarias. Ya no era sólo su ubicación, sino que los propios personajes comenzaban a parecerle un calco de sus obras anteriores. El desahucio del solar —tema central de este drama— era una réplica de la mudada de la pareja de ancianos en *Estampa,* las agrias discusiones entre Julia y Juan Carlos las mismas de *Los amantes* y el vendedor de billetes que soñaba con sacarse la lotería para asegurar su vejez había sido extraído íntegramente de *Café amargo.* No, se dijo Rogelio, el dramaturgo no había compuesto una nueva pieza, sino que se repetía a sí mismo ofreciendo un collage de sus producciones pasadas, disfrazando apenas las mismas historias que ya había contado antes. Era lamentable. Cinco años habían transcurrido desde que se estrenara como dramaturgo y no había aprendido nada, no había avanzado un paso. Rogelio movió la cabeza.

Se aproximaba el final y de alguna manera quiso hallar la vertiente positiva de la obra. Tenía que balancear la crítica que escribiría, poner los platillos si no al fiel —esto era imposible—, por lo menos equilibrarlos de forma que el desbalance no fuera excesivo. Una de cal y otra de arena, aunque inevitablemente las paletadas de arena superarían a las de cal. Los personajes, el ambiente: he ahí lo más valioso de la obra. Sacó de su memoria lo que años atrás había dicho de este escritor cuando viera sus primeras obras: continuaba y trataba de renovar lo más auténtico del teatro popular cubano incorporándole una atmósfera sicológica, de drama íntimo, personal, que seguía las huellas de Chéjov, y una cierta crudeza tomada en empréstito al cine neorrealista italiano. El suyo era una suerte de realismo sicológico. Por otro lado, donde los teatristas venáculos sólo habían encontrado motivos de diversión, él veía tragedia; donde figuraron tipos, él creaba personajes; donde todo era jolgorio, choteo, pintoresquismo, él hurgaba rastreando la verdad. Sí, ése era su mérito y su aporte a la escena cubana.

La función terminó y Rogelio aplaudió discretamente. Mientras abandonaba la sala, fácilmente, sin detenciones ni tropiezos en los pasillos, se felicitó interiormente por tener ya estructurada la crítica que escribiría. Así que cuando su acompañante, Gladys, aquella jovencita presumiblemente aspirante a actriz, quiso saber su opinión sobre la obra, Rogelio, sonriéndole y pasándole un brazo por los hombros, le contestó que no fuera impaciente, que esperara a leerla en *Renovación*. Quiso ser ingenioso y añadió que si se la adelantaba ahora perdería una lectora... una encantadora lectora. En su lugar la invitó a refrescar en El Carmelo.

Eligieron una mesa de la terraza, desechando el salón interior no obstante ser más distinguido, no sólo porque, según explicó Rogelio argumentando la preferencia, ya habían tenido más de la cuenta de aire refrigerado, sino porque además allí había más ambiente y se dominaba mejor —fueron sus palabras— el panorama de la multitud que mueve las piernas y las quijadas. De otro modo: supervisaba mejor a la clientela, conocida de él en buena proporción. Quizás por el hambre que había visto pasar a los personajes de la obra, a Rogelio se le abrió el apetito y pidió un sandwich, un helado de fresa, un flan y un agua mineral. Su ninfa exclusivamente un sondy: si aspiraba a actriz debía pensar en la línea. No con el rabillo del ojo sino con sus muy plenas pupilas de crítico, Rogelio auscultó el ala de galería que quedaba a su alcance. Al fondo, junto a la librería, pero separados de ésta por un tabique de cristal, vio a Cortina y al Dr. Alvear enfrascados en una partida de ajedrez. Cortina era negro, de pasas alzadas pero con perfil que recordaba a Pushkin, y el Dr. Alvear blanco, nervioso, transparente, por lo que, para hacer un chiste, Rogelio se encimó sobre la futura estrella e indicándole a los jugadores le deslizó en el oído, más por excitarla con el blando cosquilleo que por necesidad de murmurar, que se estaba efectuando un match por el campeonato mundial de ajedrez entre Capablanca y Capanegra. Ella, por supuesto, no entendió, pero de todas maneras Rogelio se carcajeó un momento y luego buscó con la vista a Rey. Se extrañó de no verlo allí, pues hacia esta hora siempre se le descubría alojado en la mesa que gobernaba el acceso a la terraza repasando con ojos que Christian Dior envidiaría cuanta saya —recta, acampanada, de vuelos, ondulada, larga, corta—, blusa —escotada, cerrada, de tirantes, con mangas, sin mangas—, pantalón (femenino, naturalmente) —ajustado, suelto, floreado, de lástex, estampado— le cruzara por delante en un perpetuo flujo de modas y modelos. Desde luego, a Rey sólo le interesaban las modas en función de las modelos. Sin éstas cualquier vestido le parecía un trapo.

Rogelio no halló a Rey, pero en cambio tropezó —de vista— con Loredo, que asentado como una roca en el vértice de la terraza tenía colgados de su disertación a los otros integrantes de la mesa. Rogelio lo saludó con una sonrisilla cómplice y un lento doblez de cuello, y después le informó a su núbil discípula quién era, agregando que celebraban una mesa cuadrada y que seguramente Loredo refería en este momento cómo el conde Drácula, auxiliado de sus alas membranosas, había atravesado el Atlántico desde sus remotos Cárpatos para ir a ubicarse en Hollywood donde la rubia sangre gringa era más rica en proteínas. Gladys volvió a no entender, pero esgrimió una sonrisa de compromiso para no quedar deslucida y acompañar modestamente a Rogelio en sus carcajadas, quien con dientes robustos y mandíbula aceitada pasó inmediatamente a acometer su sandwich, justo cuando Andrés y Esteban, actor el primero y director de teatro el segundo, se acercaron a su mesa. Rogelio los invitó a compartirla. Salían del teatro y la primera pregunta que le hicieron a Rogelio fue la misma que ya le había hecho su *fiancée:* qué opinaba de la obra. Rogelio contestó por el sistema bumerán: devolviéndoles la pregunta. Al actor no le había parecido mal, menos la actuación, que había sido pobrísima en general; pero el director, Esteban, halló la pieza absolutamente detestable. No era más que un sainete ligeramente modificado y él no soportaba el llamado teatro vernáculo; le parecía chabacano, grosero, de un mal gusto insufrible. No entendía ese cacareado rescate de la tradición cubana que se estaba poniendo de moda. ¿Qué tradición? ¿la de los bufos del siglo pasado, la del Alhambra, la de Garrido y Piñero? Nada de eso valía un centavo. Todo nuestro teatro popular no era sino una pésima copia de los sainetes de Ramón de la Cruz o las comedias de los hermanos Quintero. En resumen, pura mierda —y le pidió disculpas a la 'prometida' de Rogelio por la mala palabra. Adonde había que volver los ojos era a Europa, de la que sí teníamos mucho que aprender.

—España está en Europa —le recordó Rogelio, que lo

había estado escuchando atentamente, risueño y de cierta forma complacido.

—Europa termina en los Pirineos —replicó el director.

—Esteban es muy drástico en sus juicios —intervino el actor—. Para él nada que sea cubano tiene valor. Siempre estamos discutiendo por eso.

—Hay que cuidar que los problemas estéticos no vayan a convertirse en desavenencias conyugales —les previno burlonamente Rogelio—. *Atention,* como dicen los franceses, que del intelectualismo al divorcio no hay más que un brinco.

La futura luminaria de las candilejas nativas lo miró alarmada. Se iniciaba en el ambiente farandulero y aún no estaba capacitada para ciertas sutilezas. Rogelio la aplacó palmeándole la mano, y tanto Esteban como Andrés se sonrieron. Sin esfuerzo, Esteban recuperó el hilo de la conversación:

—No me parece que tenga valor porque en verdad el teatro cubano no tiene ningún valor. Por lo menos hasta ahora no lo ha demostrado.

—¿Y Ovidio? —indagó Rogelio—. Tú estrenaste una de sus obras.

—El único que tiene un poco de decoro. Pero fuera de él, nada. Y no me refiero a los actuales dramaturgos —que por cierto todavía están en pañales— sino a esa tradición que tanto pregonan y que se quiere rescatar y que a mí personalmente me enferma.

—Tenemos que crear el teatro cubano —sentenció Andrés.

—Pues entonces seamos honrados y comencemos a partir de cero, que es por donde hay que empezar. En el teatro cubano todo está por hacer, y si se quiere que nazca hay que reconocerlo así.

—Pero un movimiento teatral no surge de la nada, tiene que tener raíces... —apuntó Andrés.

—Las del nuestro están podridas y lo mejor es olvidarnos de ellas. Pretender crear un teatro cubano remontándose a Covarrubias, a Cretó Gangá o al negrito y el gallego es arrancar del peor gusto imaginable.

—A pesar de sus defectos son exponentes de nuestra nacionalidad —insinuó Rogelio.

—Renuncio a esa nacionalidad. No tengo nada que ver con ella.

—¿Y con quién tienes que ver? —se le encaró Andrés—. ¿Con Esquilo, con Shakespeare, con Racine?

—Sí —dijo categóricamente Esteban—, me declaro heredero de la cultura universal. Esa es mi tradición. El hecho de haber nacido en esta isla no me obliga a atarme a ella. Puedo asumir a Esquilo, a Racine o a Shakespeare como cualquier griego, francés o inglés. La cultura es patrimonio de toda la humanidad, no sólo de una parte de ella. Y en esos creadores sí podemos apoyarnos para fundar un verdadero teatro cubano, inteligente, culto, universal, no la bazofia que hemos presenciado esta noche.

—Pero esos escritores representan a otros pueblos, otras épocas —lo rebatió nuevamente Andrés—. Nosotros somos distintos, tenemos nuestras propias características; la idiosincrasia del cubano es muy especial y un teatro cubano tiene que reflejar...

—¡Tonterías! —lo cortó Esteban—. El hombre es uno y el mismo en todas partes y en todas las épocas, desde los griegos hasta hoy. ¿Si no, por qué las obras de Eurípides conservan toda su vigencia? Lo que hay que hacer es buscar lo más logrado de la creación teatral y a partir de ahí, llámese Esquilo o Ibsen, elaborar la nuestra.

Rogelio se inclinó sobre la mesa.

—Vamos por partes. ¿Qué tienes contra Covarrubias, por ejemplo? Según todas las crónicas era un magnífico actor y al parecer un comediógrafo aceptable.

—Sólo te falta designarlo nuestro Molière —ripostó zumbonamente Esteban—. ¿Desde cuándo la comedia y el sainete son iguales? Tal vez Covarrubias haya sido un sainetero aceptable...

—Todas las comedias de Molière tienen su base en lo que

tú llamas despectivamente sainete. Molière nace de las farsas del Medioevo como Lope de Vega de los pasos de Rueda.

—No tolero el teatro español, ni siquiera el clásico. Tal vez algún Calderon, algún Cervantes... Pero escogidas sus obras con pinzas.

—¿Entonces para ti los clásicos españoles no forman parte de la cultura universal?

Por primera vez Esteban dudó.

—Algunos sí... Calderón en especial. Porque Lope escribió demasiado. Pero de entonces a acá ha corrido mucha agua en España. Lo que yo digo es que hay que volverse hacia el teatro realmente importante...

—¿Cuál?

—Para mí el teatro de contenido intelectual urbano, de Strindberg a Camus, y sin exceptuar a O'Neill que es el único dramaturgo norteamericano digno de tenerse en cuenta. El teatro es para exponer ideas, plantear tesis, referir los grandes conflictos humanos, no para contar historias insulsas que dejen vacío al espectador. Verbigracia: lo que acabamos de padecer esta noche.

—Por eso Esteban tiene tan poco éxito como director —dijo Andrés ladeándose en la silla—. Hace teatro para él.

—¿Que yo tengo poco éxito? —saltó Esteban taladrándolo con la mirada.

—De público —se apresuró a aclarar o a rectificar Andrés—. A tus funciones no va casi nadie, la sala siempre está medio vacía.

Esteban hundió la barbilla en el pecho, quedó unos segundos inmóvil y luego dijo torciendo la boca:

—El público no me interesa.

Rogelio volvió a avanzar el cuerpo hacia la mesa. Fue una de las pocas ocasiones en que su voz sonó grave.

—Eso es verdad. Y he meditado mucho en esa frase o en esa actitud tuya. No sé si es producto del despecho o de una honda convicción que hay en ti. Llevas más años en el teatro, algunos más, que la mayoría de nuestros actuales directores.

Sin embargo, en cuanto a aceptación entre el público ellos se te han adelantado...

—Me tiene sin cuidado. Yo sé lo que busco.

—Ahí tienes a Héctor Santacruz...

Esteban se revolvió en su asiento como sobre un avispero. Lo interrumpió con brusquedad:

—Ese culicagao no tiene nada que ver con el teatro —dijo airadamente—. No es más que un atrevido, un analfabeto, un arribista...

—De acuerdo, pero no puedes negar que a él se debe el resurgimiento que ha tenido el teatro en estos últimos años.

—Su *Señorita Julia* alcanzó más de cien representaciones —terció Andres—. Algo que jamás se había visto en Cuba.

—Pero, ¿cómo? ¡Haciéndole enseñar el culo a Isabel! La gente no iba a ver la obra de Strindberg... sino las nalgas de Isabel. Y perdone que hable así, señorita —se dirigió un momento a la acompañante de Rogelio, que se quedó impávida, y continuó: Lo que ese ignorante hizo con la pieza de Strindberg no tiene perdón. Y si para tener éxito yo tengo que convertir mi teatro en pornografía, prefiero solicitar una plaza en el Shangai. Por lo menos no estaré engañando a nadie.

Rogelio extrajo una cajetilla de cigarros, tomó uno y golpeó una de sus puntas contra la mesa antes de encenderlo.

—A veces hay que apelar a ciertos recursos para llegar a donde se quiere llegar —dijo ambiguamente, entretenido en prender el cigarrillo, más bien sondeando a Esteban que expresando su criterio.

La respuesta fue tajante:

—Cuando se usan recursos sucios los resultados son también sucios.

—¡Eso es mojigatería! —exclamó Andrés molesto—. Yo estoy de acuerdo con Rogelio: el fin justifica los medios. En La Habana existen hoy en día unas diez salas de teatro y eso se debe al éxito que tuvo *La señorita Julia*. Si no hubiera sido por Héctor nadie, ningún director ni empresario habría corrido el riesgo de abrir una sala. Eso hay que agradecérselo a él... y al trasero de Isabel.

—¿Y te has fijado en lo que ponen? ¿Has visto el repertorio de tus diez salitas? *Mujeres, Complejo de champán, Vivir con papá...* el peor teatro que pueda imaginarse. No buscan sino la taquilla. Para eso no vale la pena hacer teatro. Prefiero lo que hacía Adad o el Teatro Universitario, y aun el Patronato. Era más decoroso.

Andrés alzó la cabeza despectivamente.

—Y se morían de aburrimiento. Hacían teatro para un grupito insignificante. El teatro no existía sino que agonizaba. Tres, cuatro meses ensayando una obra para ponerla una sola noche, la del estreno, y con la sala medio vacía. No, prefiero el atrevimiento de Héctor. Por lo menos le inyectó vida al teatro.

Un estremecimiento de rabia sacudió a Esteban. Dijo casi temblando:

—¡Mierda! ¡Lo que le inyectó fue mierda! Nosotros luchamos por hacer un teatro decente y él lo ha convertido en una porquería. ¡Por su culpa nuestro teatro es hoy lo que es!

Se produjo un largo, incómodo silencio. A los ojos de Esteban, normalmente enrojecidos, asomaban lágrimas, y unas burbujitas de saliva blanqueaban las comisuras de sus labios. Rogelio consideró su faz triste y derrotada y sintió pena por aquel hombre que había dedicado su vida al teatro, que había tratado de elevarlo hasta la dignidad y el rango en que él lo tenía, y ahora se veía echado a un lado por advenedizos que no poseían ni lejanamente sus méritos. Estrujando el cigarrillo contra el cenicero, habló:

—Lo que ha manifestado Esteban es cierto. Desde que Héctor montó *La señorita Julia,* hace unos cinco años, hasta hoy, nuestras salas no se han preocupado por otra cosa que por atraer al público. Para lograrlo le han echado mano a comedias tan estúpidas como las que tú has mencionado, o a piezas cargadas de erotismo. Claro que sin público el teatro no puede subsistir. En primer lugar porque necesita del dinero que pagan los espectadores, y en segundo porque sin público el teatro está incompleto. Representar para una sala vacía es como dirigirse al aire.

—Ya eso lo sabía Lope cuando habló de darle gusto al necio —dijo Esteban con voz apagada.

Rogelio se le aproximó. Más que polemizar con él quería persuadirlo, atraerlo a su punto de vista.

—Cierto, y a pesar de haber complacido al necio quedó en la historia. Lo que quiero decir, Esteban, es que el teatro no puede prescindir del público, y aferrarse a lo contrario es hundirse a sí mismo.

—¡Claro, claro, yo siempre se lo estoy diciendo! —suscribió vivamente Andrés.

Rogelio prosiguió, mirando y hablándole exclusivamente a Esteban.

—Entonces lo que hay que hacer es cambiar el gusto del público... o al público. ¿Qué gente es la que va al teatro? La clase media en especial: profesionales, empleados, burócratas... El pueblo, del que tanto se habla, no conoce ni su fachada. Y hay que hacer que lo conozca, no por fuera sino por dentro. ¿Para darle las obras que hoy exhiben nuestras diez salitas? No valdría la pena. Ninguna de ellas le diría nada a un obrero, por ejemplo, y muchísimo menos a un campesino. Esto plantea una revaloración de fondo de nuestra escena.

—¿En qué sentido? —preguntó Esteban sin interés.

—En todos los sentidos, desde las obras que se escojan para montar hasta la forma en que se monten. Hay que hacer una renovación completa de nuestro teatro.

—Le estás haciendo propaganda a tu revista —se burló Esteban.

—No, hablo en serio.

—Sigue.

Esteban comprendió que Rogelio estaba como en el pórtico de su disertación y se recostó en la butaca dispuesto a escucharlo pacientemente. Andrés, que hasta entonces había estado declaradamente de su parte, lo observaba ahora con curiosidad.

¿Adónde quería llegar? Gladys se aburría, pues la conversación había alcanzado un registro que no figuraba en sus cuerdas mentales. Demasiado abstracta y árida para sus intereses. Para ella el teatro era... que la gente la viera y que su nombre apareciese en los periódicos. Sofocó un bostezo cambiando de posición.

—Esto nos lleva —continuó Rogelio tal como se esperaba de él— a encarar la problemática del teatro cubano con una óptica nueva. Y estoy pensando sobre todo en los dramaturgos. Al tratar de ganar espectadores en masa, el teatro no puede detenerse en los problemas personales o en los intereses particulares de un autor, sino que debe reflejar los conflictos generales del hombre, pero en una sociedad y en una época dadas. De lo contrario, por mucha calidad que posea el teatro será tan inútil como el que se hace actualmente en Cuba. ¿Me explico?

—No muy bien —dijo Esteban accionando apenas los labios cubiertos parcialmente por la mano en que reposaba su mejilla.

—Quiero decir —enfatizó Rogelio— que no se puede hacer teatro para ventilar las angustias metafísicas o caseras de sus autores. El teatro tiene que agarrarse a su momento histórico como las raíces de un árbol a la tierra.

Esteban se sonrió con ironía.

—No te conocía esas dotes poéticas. Así que como las raíces de un árbol...

—Es un modo de hablar. Pero la idea...

—En suma, un teatro social y cubano, ¿no es eso?

—Más o menos. Pero no en bloque. No es cosa de pensar en ditirambos patrióticos ni en panfletos...

Esteban se enderezó, atajándolo de nuevo.

—Bueno, en lo que respecta a lo segundo, mi conciencia está tranquila. Mi teatro siempre estuvo abierto, y lo sigue estando, para los dramaturgos cubanos. Siempre que sus obras posean la calidad que yo exijo, se entiende.

—Es cierto. Tú....

—Tú mismo mencionaste hace un momento la obra de Ovidio que yo estrené... hace la friolera de diez años. La más valiosa según tú, y yo creo lo mismo, del teatro cubano. Por lo menos hasta la fecha.

—Sí... es verdad...

Rogelio volvió a vacilar. Arrastraba las palabras como tentando una vía de acceso a su pensamiento, una expresión que le permitiera exponer lo que tenía en mente sin contradecirse con lo que había dicho —y escrito— antes.

—*La tebana* —siguió— es hasta hoy la pieza más lograda de la dramaturgia cubana. La mejor concebida, estructurada y aun escrita. Su calidad artística está fuera de duda. Y tu puesta en escena, sin la cual ya yo no la concibo, es uno de tus grandes momentos como director. Estoy seguro de que con otra dirección la obra no habría logrado la brillantez que tú le imprimiste.

El pliegue que mantenía los labios de Esteban como en perpetuo rictus se aflojó.

—Estás muy elogioso —dijo risueño.

—Lo he dicho muchas, y lo he escrito también. Tú lo sabes.

Esteban asintió con la cabeza. Andrés se había vuelto todo oídos y Gladys, de reojo, no hacía sino inventariar la cafetería. Podía describir, uno por uno, a todos los clientes que habían entrado o salido de la terraza y del salón refrigerado. La butaca a la que estaba clavada debía haber largado el forro y todos los muelles saltado, pues sentía las nalgas taladradas por pinchos sin que el constante cambio de posición la aliviara. ¡Santo Dios, cuándo acabaría aquella interminable y aburridísima conversación!

—Sí —Rogelio cobraba un nuevo impulso—, *La tebana* es la obra más lograda del repertorio cubano. Pero se inscribe dentro de lo que yo llamo la vertiente intelectual de nuestro teatro. La catalogo así en un ensayo que estoy escribiendo. Dentro de ese contexto, para mí es una obra de evasión. Así se lo he manifestado a Ovidio y él ha estado de acuerdo conmigo. *La tebana* es cuando más un punto de partida, pero no puede tomarse como modelo de la dramaturgia que está demandando nuestra escena. Pertenece a otra época, a otra situación socio–histórica. Es una obra de puro formalismo estético y de correcto arte de minorías, y en este instante, es decir, luego del triunfo de la revolución, se ve como una muestra de la torre de marfil en que vivían nuestros intelectuales.

Parejamente con el bocinazo de un automóvil en Calzada, Esteban vibró como si lo hubiera alcanzado la defensa del vehículo.

—¡Ahora sí estás hablando como un verdadero miembro del staff de *Renovación!* Formalismo estético, torre de marfil... ¡La jerga de sus editoriales!

Rogelio compuso su expresión más severa.

—Lo he comentado con el propio Ovidio —dijo con gravedad— y él concuerda conmigo.

Esteban hizo aletear sus pestañas burlonamente.

—Conozco a Ovidio, obra por estados de ánimo. Hoy confiesa una cosa y mañana declara lo contrario. Depende de su sistema hormonal.

Andrés se acodó en la mesa evidenciando con ello que decidía reincorporarse a la conversación. Le pareció que era el momento. Había seguido escrupulosamente el discurso de Rogelio y creyó que ya éste había llegado a una conclusión, conclusión con la cual él estaba en total desacuerdo.

—Y si *La tebana* —expuso lentamente y con un dejo de sorna— no es el ejemplo a seguir por nuestros dramaturgos, si no es el tipo de obra que requiere nuestra circunstancia histórica, como tú has dicho, ¿cuál lo es entonces? Has hablado de teatro social. ¿Qué quieres decir con eso? Francamente me suena a teatro político, a panfleto. ¿De qué clase de teatro eres partidario en definitiva?

Rogelio no se inmutó. Con seguridad, con aplomo, casi como impartiendo una lección, dijo:

—No tengo nada contra el teatro político. Al contrario, me parece la fórmula más eficaz para renovar la escena, no sólo la cubana sino la universal. Lee a Piscator y le verás su importancia y sus posibilidades. Prueba al canto: Brecht.

—Por ese camino habrá que nombrar a Marcelo Alonso director del Teatro Nacional —zumbó Esteban.

Rogelio giró vivamente la cabeza hacia él.

—¡Dios nos libre de esa calamidad! Entonces veríamos nuestros teatros plagados de obreros oprimidos o con los puños en alto clamando por la huelga general, campesinos desalojados de sus tierras, negros esclavos o discriminados; en suma, cundidos del peor melodrama social donde invariablemente los malos son los capitalistas y los buenos los trabajadores.

—Un teatro social y cubano como el que tú propones no está lejos de esas monsergas que tan bien acabas de describir... —intervino Andrés.

—No lo niego.

—¿Entonces?

—Pero es que cuando yo hablo de un teatro cubano y social estoy pensando también, un poco como Esteban, en un teatro intelectual; sólo que con un sentido distinto a como él lo ve. Lo intelectual, para mí, no debe ser, digamos, los problemas ontológicos · del hombre, sino su circunstancia, su realidad histórica. Es ahí, en ese terreno, donde el dramaturgo debe aplicar su inteligencia. Pero yo, como Esteban y como tú, soy enemigo jurado del realismo socialista. Si utilizáramos esa fórmula pasaría lo que pasó en la Unión Soviética: que el teatro dirigido, la censura estatal terminaron por matar la aparición de un verídico teatro obrero, para sustituirlo por una infame exposición de los planes quinquenales con el retrato de Stalin al fondo.

—Por favor, Rogelio, la solución, *tu* solución —se impacientó Esteban dando una patadita en el suelo.

—No soy Mandrake el mago para sacar soluciones como él conejos y palomas de su chistera. Pero estoy convencido de que el conocimiento que se tiene de las actuales corrientes de teatro que hay en el mundo es el mejor antídoto contra la posibilidad de un teatro facilista. Ahora bien, la clase de teatro que hay que hacer en Cuba no es cuestión que me incumba a mí sino a nuestros teatristas, es decir, a ustedes. Yo, como crítico teatral que soy, me limito a señalar el defecto... y a lavarme las manos.

En efecto, se levantó y fue al baño. Quizás hizo algo más que lavarse las manos, pero de todos modos cuando tomó por el brazo a Gladys para ayudarla a levantarse ella notó que sus dedos estaban blandos y frescos. Capanegra había derrotado a Capablanca en la vastísima y casi metafísica partida de ajedrez y ahora, en una terraza apenas poblada, bebían el café de la reconciliación. Unicamente Loredo, siempre en su mesa vertical (esto es, situada en el vértice de la terraza), con una audiencia incrementada por algunos camareros despojaba al conde Drácula de sus membranas volátiles para mutarlo en el profesor Moriarty, demostrando además con ecuaciones irrebatibles que Sherlock Holmes, el Dr. Watson y Conan Doyle eran una y la misma persona, y que la existencia del primero no se debía a ninguna elucubración mental ni prurito matemático sino que era un dato absolutamente verificable en Baker Street número 10.

Rogelio y su amiga, y Esteban y Andrés, caminaron juntos hasta Línea. Allí se despidieron. Rogelio marchó entonces con Gladys hasta su apartamento. Sonreía plenamente y le confesó con sinceridad que era la acompañante ideal. Halagada, la muchacha quiso protestar diciendo que ella no había hecho nada, pero Rogelio no la dejó disculparse. Pegándole la cara al cuello, olisqueándole el pelo, aquel pelo como no había otro en la casa Finzi, le cuchicheó en la oreja que se preparase porque ahora ellos dos solos, sin testigos impertinentes, sin molestos terceros, iban a disfrutar de una noche verdaderamente cartesiana.

EL MOMENTO ERA TEATRAL, SI, pero también literario, y *Renovación* era por encima de todo una revista de literatura; se ocupaba, por tanto, especialmente, de literatos. Y aquí había tela de sobra por donde cortar. Por ejemplo, el tomo, mejor dicho, el librito de *Poesía cubana actual* que acababa de aparecer. Apenas lo compró, junto con la colección de libros cubanos de la que formaba parte, en uno de los quioscos que la empresa editorial estableció en diferentes puntos de La Habana como una forma revolucionaria de sacar el libro a la calle, de expulsarlo de las librerías, Orestes corrió a su cuarto, se encerró en él y consumió el resto de la mañana leyéndolo. Era una gris y friolenta mañana de comienzos de diciembre, lo que facilitaba el encierro, y la lectura del breve volumen no le llevó más de un par de horas. Durante ese tiempo recibió una media docena de llamadas telefónicas, todas de amigos que le comentaron precisamente el libro que estaba leyendo con voces tan desaforadas que Orestes tuvo que distanciar el auricular para que no le taladraran el tímpano. Hacia el mediodía, después de almorzar, se encajó el libro bajo el sobaco, salió a la ventosa tarde y guardándose las manos en los bolsillos bajó por La Rampa hasta el minúsculo departamento que ocupaba Ovidio en una de sus calles laterales.

Lo encontró sentado frente a su mesa de trabajo, tecleando aceleradamente en la máquina de escribir en esa característica posición suya que le daba el aspecto de un signo de interrogación: el torso curvado sobre la provecta Underwood, las piernas trenzadas debajo de la mesa, los dedos como paticas de araña eligiendo las letras y los ojos pegados al papel que entintaba velozmente. Ovidio era uno de los pocos escritores cubanos capaces de utilizar los diez dedos para mecanografiar.

—¿Has visto esto? —le espetó Orestes sacudiendo el tomo de versos delante de su cara.

Ovidio separó la vista de la máquina mientras se frotaba los brazos para borrar la granulación que erizaba su piel. Tenía puesto un suéter de lana, sin mangas, y las de su camisa eran cortas y no le abrigaban sino la mitad de los brazos. Y Ovidio era una calamidad para el frío. No soportaba ni el más benigno. Apenas batía el más ligero norte, ya estaba aterido.

—¿Qué es? —preguntó sin mucho interés.

—La antología de la poesía cubana actual. Acaban de ponerla a la venta. Echale una ojeada para que veas. Es el descaro más grande que se pueda imaginar.

Ovidio tomó el libro de las manos agitadas de Orestes, miró la portada, recorrió sus páginas y cuando llegó al índice empezó a leer detenidamente.

—Lee, lee los nombres de los seleccionados. No han incluido a nadie...

Ovidio contuvo a Orestes.

—Está bien, pero mientras reviso el libro ve a la cocina y calienta un poco de té que hay en la cafetera. Tengo un frío que me hielo.

Orestes meneó la cabeza chasqueando la lengua:

—Mira que eres friolento. No servirías para vivir en el Norte.

Ovidio pasó por alto el comentario y agregó:

—Trae también algunas galletitas dulces. Están en la lata.

Orestes acarreó primero dos tazas humeantes que colocó encima del escritorio y luego trajo las galletitas dentro de una cesta de mimbre. Ovidio leyó un rato más, pero después dejó el libro para desbocarse sobre la taza de té. Enseguida Orestes se precipitó a interrogar a su mentor.

—¿Qué te parece? ¿No es un descaro increíble? Escogieron a un grupito insignificante de poetas, a sus amigos. La gente está que trina. Le piden la cabeza al Flaco y al Arabe. Porque ellos son los responsables de la selección. Fueron ellos los que decidieron quiénes debían aparecer en la antología y quiénes no. Y han eliminado a medio mundo. Eligieron a los que les dio la gana.

Masticando las doradas galletitas, que esponjaba sumergiéndolas en el té, Ovidio hizo saber como al descuido:

—El Arabe tiene poco que ver con ello. El verdadero y único responsable es Fernando. El escogió a los poetas, preparó el libro y escribió el prólogo. El otro todo lo que hizo fue prestar su nombre.

—Y sus poemas —completó Orestes—. ¿Te has fijado en la cantidad de páginas que se dedica? El y Fernando se llevan casi la mitad del libro. Un poco más y se publican sus poesías completas.

Ovidio produjo una risita gozosa. Como por su edad y el haberse jubilado de la poesía desde muchos años atrás lo desvinculaba de aquella antología, tomaba la cosa con más calma.

—Y el prólogo... —continuó Orestes excitado—. ¿Lo leíste?

—Por encima.

—¿Y no te parece el colmo del cinismo? ¿Viste cómo le llaman a la antología? ¡Muestra conjunta! Como si se tratara de una exposición de pintura. Así los que se quedaron fuera no tienen derecho a protestar, porque según el Flaco no se trata de una antología sino de un grupo de jóvenes poetas que se han puesto de acuerdo para publicar un libro entre todos. ¡Qué careta!

—Otra habilidad más de Fernando. Ese flaco es más astuto que un zorro.

—Y para contentar a los excluidos hablan de que próximamente aparecerá no otro sino *otros* tomos más de poesía... Sólo un idiota se tragaría esa píldora. Pero el Flaco es tan cínico que hasta menciona los nombres de los que van a aparecer en tomos sucesivos. Los nombra como para decirles: no chillen, tengan paciencia que habrá dulce para todos.

—¿Y la gente qué piensa?

—¡Qué va a pensar! Que es una cabronada. Todo el mundo

está muy claro en que no habrá más tomo que éste, y el que no apareció, se jodió.

Ovidio trenzó las piernas filosóficamente.

—¿Y qué van a hacer?

—No sé, pero yo por lo menos voy a escribir un artículo para *Renovación* comentando la antología.

—Ten cuidado con lo que dices. Mira que incluyeron a Alvaro y a Pedro Luis.

—Para cubrirse la espalda. Piensan que así nosotros los de *Renovación* tendremos que tragarnos la lengua. Pero se equivocan. De todas maneras yo voy a descubrirles el pastel.

—Haz lo que quieras, pero con cautela, no sea que vayas a sembrar la división entre nosotros.

Orestes frunció la boca en un gesto de desdén.

—Por Alvaro me tendría sin cuidado. Pero está Pedro Luis...

—Alvaro es un buen poeta.

—Eso está por ver.

—Su *Canto a la muerte* es un gran poema.

—Esa es tu opinión, pero para mí toda su poesía está hecha de ripios surrealistas.

—Estas equivocado. En él hay influencias surrealistas, eso es evidente, pero ha sabido asimilarlas.

—Se le han indigestado.

Ovidio se levantó impaciente y dio unos pasos por la sala.

—Está bien, está bien. No voy a discutir contigo las bondados poéticas de Alvaro. A mí tampoco me simpatiza como persona...

—Para mí es tan mal poeta como mala persona.

Ovidio se paró frente a él.

—Bueno, no sigamos hablando de Alvaro, no vale la pena —hizo una pausa para imprimirle un nuevo giro a la conversación—. A mí de todo esto lo que me da grima es que ustedes los jóvenes tengan que disputarse a mordidas la inclusión en una antología intrascendente, mientras que aquí, en nuestro propio país y en plena revolución, hay un señor que dispone de toda una editorial para su uso particular. Una editorial que no es de él, que no le cuesta un centavo, sino que graciosamente se la paga el estado cubano.

Las cejas de Orestes se arquearon con curiosidad.

—¿Quién?

—¡Quién va a ser! El director de *Nación*...

—Ah, ese señor...

—Sí, ese señor. ¿Sabes lo que estaba haciendo cuando tú llegaste?

—¿Qué cosa?

—Escribiendo un artículo contra él y contra su porquería de revista. ¿Quieres que te lo lea?

—Encantado.

Ovidio acercó la silla a su escritorio y ordenó algunas cuartillas dispersas sobre la tapa, extrayendo incluso la que todavía aprisionaba el rodillo de la máquina de escribir. Orestes cruzó las piernas, descansó el codo en las rodillas y con una mano sosteniéndole la mandíbula consideró el trajín de su maestro. Sabía él que la enemistad entre Ovidio y el director de aquella revista no era reciente, sino que databa de muchos años atrás, y que Ovidio sentía por él una aversión especial; quizás porque aquel 'revistero' nunca había colocado entre las páginas de su publicación una sola suya; quizás porque entre los muchos libros que había —y se había— publicado, jamás había tenido en cuenta ni uno solo suyo; quizás porque en un fresco tomo de teatro cubano que diera a la imprenta no había insertado ninguna obra suya; quizás porque él, a su vez, no se escondía para pregonar el repudio que le inspirara el prolijo director, cuya actuación en la vida literaria cubana le parecía baja e indigna. Quizás por todo esto en conjunto.

Ovidio giró la silla hacia Orestes con las cuartillas entre los dedos. No eran muchas; cuatro o cinco a lo sumo. Titulaba su artículo 'Punto de mira', algo así como si hubiera enfocado su objetivo a través del visor telescópico de un fusil de largo alcance. Comenzaba burlándose del poeta–director–editor de *Nación* llamándolo iluminador del sombrío bosque de la poesía cubana. Su antorcha, como un sol, haría retroceder las tinieblas y en las ramas de algarrobos y dagames volverían a trinar las avecillas silvestres. Pero pronto desechaba el tono sarcástico para herir hondo, para lanzarse abiertamente a la estocada. 'Este señor —escribía rabiosamente—, además de fatigar la poesía, compone esa aburridísima revista *Nación* donde prosperan, como en su mejor caldo de cultivo, los académicos, los estetas, los exquisitos de nuestras letras. Es difícil imaginar otra revista donde la estulticia literaria haya alcanzado tal altura. *Nación* ejemplifica como ninguna otra publicación esa vacua literatura, sin raíces y sin valentía, practicada como un deporte por nuestros teóricos de salón. Su director, de hecho, vive arrodillado ante los 'cultísimos' poetas de *Inicios,* respetándolos, adorándolos, y por consiguiente embarrándose con el fango del servilismo más despreciable. Su perpetuo conciliábulo con ellos raya en lo bochornoso. ¿Conoce usted, por tanto, lo que le espera? El paredón. Es decir, el paredón del repudio. Eso quiso, eso hallará.'

Ovidio, que había leído atropelladamente, errando algunas palabras, bajó las cuartillas y buscó ansiosamente los ojos de Orestes.

—¿Qué te parece?

—Está durito. Es uno de los artículos más agresivos que has escrito. Pero hiciste bien en cantarle las cuarenta. Es así como hay que hablarle a ese impostor.

—Claro que sí. Este es el momento de desenmascararlo y no hay por qué andar con contemplaciones. Por eso te propongo una cosa.

Orestes lo miró fijamente.

—¿Cuál?

Excitado, Ovidio estiró una mano y presionó la rodilla de Orestes.

—Que me secundes en esta batida contra el director de *Nación.*

Orestes demoró su respuesta.

—¿En qué forma?

—Escribiendo también contra él.

Orestes destrabó las piernas, no para librarse de la mano de Ovidio sino en un movimiento reflejo de intranquilidad.

—Pero si con tu artículo basta, es demoledor...

—No, no me refiero a que escribas otro artículo atacándolo. Puedes hacer algo que complemente mi trabajo.

—¿Qué?

—Pues enjuiciar su labor editorial, hacer un balance de los libros que ha publicado. Todos van de malos a infames. Ni uno solo merece salvarse de la hoguera, no valen ni el papel que se ha gastado en imprimirlos. Podrías hacer un buen recuento de ellos demostrando la mediocridad de sus autores. Sería un modo de pararle el jueguito y de hacerle saber de una vez por todas que la revolución no está dispuesta a tolerar que él disponga de una editora para publicarse a sí mismo y a sus amigotes.

Orestes meditó unos segundos la proposición.

—Está bien —dijo por último, levantándose—, cuenta conmigo. Escribiré el trabajo que me has propuesto. Pero como eso lleva tiempo, pues tendré que repasar los libros que ha publicado, antes quiero hacer la nota sobre el tomito de poesía cubana. Después de todo, ambas cosas están emparentadas. Recuerda que uno de los compiladores de la no–antología es también un protegido del acrisolado director de *Nación*.

Fue como un regalo de pascuas, ya que el año estaba al terminar cuando en *Renovación* aparecieron, conjuntamente, la diatriba de Ovidio y el comentario de Orestes a la *Poesía cubana actual*. Se guardó muy bien de mostrarse airado. Por el contrario, se escurrió por el declive irónico. No era cosa de irse a las greñas con Alvaro o con Pedro Luis, que militaban en las mismas filas que él. Por tanto —y aunque en su interior lo deseaba ardientemente— no se explayó contra los autores de la no–antología acusándolos de haber hecho una selección arbitraria y beneficiosa para ellos. En su lugar, y como una forma solapada de pregonar la indignación que el libro había despertado entre los poetas noveles, se mofó un tanto de las lágrimas de los excluidos. Así, comentando un párrafo del prólogo en el que se enumeraba a los poetas que figurarían en próximos tomos, jugueteaba Orestes: 'Los nombrados sueltan el resuello y los que no han visto su nombre se tiran de los pelos. La nómina provocará llanto, chillidos y patadas en aquellos que no aparecen en la lista de elegidos. Pero no hay que alarmarse. En casos como éste, los poetas amenazan casi siempre con dos tragedias: matarse o hablar mal del pipisgallo. Por lo general elegimos lo segundo.' Mas había que aprovechar la ocasión para darse un paseo, con las bolsas bien cargaditas de veneno, por el prado de la poesía cubana, no sólo la actual sino la inmediatamente anterior también. De esta manera, poetas que no estaban registrados en la no–antología eran blanco de las saetas orestianas. Así los bardos 'iniciáticos' volvían a resurgir. Al máximo rector de ellos lo designaba Orestes como 'el maestro del patio', y a uno de sus puntales más sólidos, que había compuesto un libro acerca de una de las barriadas más evocativas de La Habana, citado siempre con elogio, lo trataba con piadoso desdén. 'Su poesía —decía de él— es en sí misma frágil y está llena de fórmulas gastadas, de metáforas concebidas de antemano.' Citaba un verso suyo para establecer a seguidas que la diferencia entre la poesía de *Inicios* y la actual (esto es, la que recogía el libro valorado) radicaba más en el objeto poético que en el lenguaje. Apoyándose en esta servidumbre, le reprochaba a uno de los responsabilizados con la no–antología el 'facturar una poesía con palabras de reconocido prestigio poético'. Del otro expresaba con el mismo tono condescendiente, como quien se dirige a una clase de párvulos, que era 'un poeta simpático, sin real pasión, que sabe como redactar agradablemente un poema'. No obstante ser aliados circunstanciales, rozaba a Alvaro al señalarle que 'emplea puntualmente la estructura surrealista, una estructura ya en franca vía de desaparición'. Pero como su mentor le había celebrado el *Canto a la muerte,* él lo elogiaba también, considerándolo, quizás para irritar a los restantes poetas, 'el poema más notable del libro'. Terminaba con esta frase liquidadora de la no–antología, de la poesía actual cubana y tal vez de toda la poesía insular, de Silvestre de Balboa al último vate: 'Hasta este momento no se vislumbra ningún poeta de verdadera jerarquía, y el gran poema está por hacerse todavía.'

A otra cosa.

La otra cosa fue, por supuesto, la revisión de los libros editados por el director de *Nación*. Lo tituló 'Balance de publicaciones' y fue impreso ya entrado el nuevo año, a modo de una postal de felicitación. Ladinamente empezaba Orestes reconociendo la 'apreciable labor' del director de la revista *Nación* y editor de la colección de volúmenes que iba a examinar, y con igual timbre de burla lo definía como 'un incansable trabajador de las letras'. Pero enseguida hacía estallar la primera granada. Apuntaba de su estilo: 'Por más que busque, no hallará el lector un solo párrafo que no esté compuesto con un lenguaje sobrante y torpe.' Y para corroborarlo citaba un párrafo del poeta–editor: 'Me gusta comenzar mis escritos pausadamente, con respiración armoniosa, como quien se adentra naturalmente por terrenos que tienen aires y fulgores benévolos.' Apostilla de Orestes: 'Al poco rato no se puede seguir tolerando este estilo que cruje como una rueda mohosa.' Le echaba en cara 'tanta palabrería, tanto adjetivo innecesario'. Y con falso tono de condolencia: 'Nos damos cuenta que es doloroso para un escritor que siente verdaderamente esas cosas no convencer al lector.' Pero no lo desanimaba: 'Confiamos ardientemente en que este escritor hallará por fin el premio a que lo acreditan su persistencia y tenacidad.' Saltaba entonces a valorar las obras de los autores editados por él, a quienes de entrada llamaba 'el gran ejército de los truncados'. El Maestro, esto es, el director de la difunta *Inicios,* era nuevamente una pieza apetecible para su escopeta de caza. 'Nadie como él —escribía Orestes— ha dado pruebas de ser el poeta más obstinado en sus defectos, con un empecinamiento que nada altera. Así, en *Temas* se empeña con tozudez imperdonable en redactar ensayos y artículos como si fueran sonetos o liras'. De un libro de estudios acerca de la poesía hecho por uno de los escritores de mayor renombre en el grupo, decía: 'La existencia de los creadores, las circunstancias económicas, sociales y políticas no son tenidas en cuenta en su obra, una obra vacua, sin coraje ni agresividad'. En cambio un vaticinio encontrado en una recopilación de artículos de un conocido novelista lo colmaba de satisfacción: 'Nos topamos con una predicción que no puede ser más encomiable y justa', se hinchaba Orestes. 'Es posible —rezaba la predicción que tanto lo entusiasmaba— que llegada la década del 60 —precisamente la que corría— una nueva generación repudie por la base cuanto hayamos hecho en estos treinta años'. Por esta sola afirmación Orestes estaba dispuesto a pregonar que su autor era el más grande escritor cubano de todos los tiempos.

De otro libro, de apreciación lingüística y debido a un joven poeta de su misma generación, Orestes indicaba: 'Se trata de uno de esos textos que se articulan con infinidad de citas y donde la aportación del escritor se reduce a nada, a una mera exposición'. De la novela de un narrador perteneciente al grupo literario que animaba justamente el director de *Nación,* no dejaba párrafo sano: 'El tema de la narración —decía— puede ser fatigante o aburrido, pero el novelista lo tritura de la primera a la última línea. Su estilo es sencillamente insoportable'. Otro alumno del Maestro, el más permeado de todos por su copiosidad y lo intrincado de su verba, era reducido a cenizas: 'Incluso en el título —*Cacería del fantoche*— este escritor es petulante y cursi. Sus relatos son en realidad una legión interminable de palabras aturdiendo al lector, y su prosa representa el ejemplo más notorio de mal gusto, farragosidad e incongruencia estilística'. Quizás rememorando su turbia procedencia teatral, Orestes se vengaba acuchillando a un dramaturgo criollo como una vez había perforado a su hacedora: 'Lo más llamativo de las piezas de Juan Carlos es el pésimo lenguaje conque hace hablar a sus personajes. Oigamos este diálogo. Dice Alma a su amigo: 'Supongo que alguna vez habrá visto usted una palma. Pues bien, así de espigada y airosa era ella'. Indudablemente —comentaba Orestes— hay que concluir que la pobre mujer se vio obligada a fabricarse un departamento apropiado para acomodar su increíble estatura de jirafaʼ.

En suma, que para Orestes la literatura cubana, del ensayo a la dramaturgia, pasando por la novela, el cuento y la poesía, estaba por hacer. Todo lo anterior —y principalmente lo editado por el director de *Nación*— merecía el vertedero. La generación del 60 vaticinada por el novelista tenía ante sí un campo absolutamente virgen. La hazaña de forjar la literatura cubana les cabría a ellos exclusivamente. Carecían de antecedentes y por lo tanto de compromisos. Todo lo facturarían a partir de sí mismos. Por consiguiente, en el futuro la historia de la literatura cubana se dividiría así: antes de ellos, la nada; después de ellos, el todo.

La reacción no partió de los victimados —espontáneamente, sin que mediara acuerdo entre ellos ni obedeciera a estrategia colectiva, prefirieron guardar silencio— sino de una lectora que en una extensa carta atacó a Orestes con una virulencia no usual en una persona ajena a la querella.

Cuando Rey, a quien iba dirigida la carta, se la entregó a Orestes, gozó espiando cómo la faz de éste, en tanto la leía, se tornaba rígida y blanca, como si le hubieran untado polvos de arroz, y en contraste aquellas orejas tironeadas sin compasión adquirían un subido color granate. Primeramente, Orestes quiso sonreír, pero sólo las puntas de sus dientes le asomaron a la boca; después sospechó de la autencidad de la corresponsal, atribuyéndole la carta a algún enemigo suyo —posiblemente uno de los atacados— que no se atrevía a dar la cara y se escudaba tras esa supuesta y apócrifa lectora; luego declaró que le tenía sin cuidado lo que aquella mujer decía y por último le preguntó a Rey qué pensaba hacer con la carta. Apoltronado en su silla giratoria, detrás de su buró, Rey asistió a todas las mutaciones de Orestes con el regocijo de un espectador frente a un travestido que va soltando sus prendas. Dejó que se pusiera blanco, rojo, grave, sarcástico, que argumentara, se contradijera, y cuando creyó que ya había llegado al límite de sus posibles mutaciones, le dijo simplemente que la publicaría. Automáticamente, Orestes respondió que estaba bien y se quedó callado como si le hubieran cosido la boca. Pero segundos después pareció recapacitar e indagó tímidamente si aquello sería lo más conveniente. Rey fue categórico en su respuesta: sacudió solemnemente la cabeza para afirmar de nuevo. ¿Por qué? ¿Tenía él alguna otra idea? ¿Cuál era su opinión? Orestes sugirió con cautela que no se le debía dar importancia a quella carta, que quizás lo mejor era ignorarla. Animándose, agregó que a las redacciones de todas las publicaciones llegaban siempre infinidad de misivas, elogiosas unas, críticas las otras, y que si se les daba cabida en sus páginas apenas quedaría espacio para publicar otras cosas. Las cartas estaban bien para conocer, interiormente, la opinión de los lectores: ahí radicaba su utilidad; pero no para hacerlas públicas. Rey fingió atenderlo con gravedad e interés, para luego, con calma salomónica, inquirir de él si tampoco era partidario de publicar ninguna réplica enviada por cualquiera de los que él había aludido en su artículo. Un 'bueno' pálido y alargado fue la indescifrable respuesta de Orestes. Pero Rey, mañosamente, interpretó aquel bisílabo como señal de asentimiento y cabalgando sobre sus estiradas vocales razonó que la carta equivalía a un artículo respondiendo al suyo, y que por lo mismo debía darse a la publicidad. Levantándose de su asiento le recordó a Orestes que *Renovación* era una tribuna abierta a todos los criterios y que ellos, en ningún caso, podían variar esta línea de conducta. Además, había consultado a Francisco y él también era partidario de que se publicara la carta. Otro 'bueno' incoloro y suspirante se fugó del pecho de Orestes. Pero, añadió Rey situándole una mano en el hombro, la revista no lo abandonaría así como así; él era uno de sus más firmes puntales y podía contar con su respaldo: lo autorizaba para que a su vez le respondiera a la autora de la carta. Así que a sentarse inmediatamente a la máquina de escribir, y en cuanto su réplica estuviera lista que se la trajera, pues ésta y la carta debían aparecer conjuntamente en la siguiente entrega de *Renovación*.

Rey acompañó a Orestes hasta la entrada de la redacción y lo despidió con frases alentadoras. Pero en cuanto estuvo solo volvió apresuradamente a su escritorio, descolgó el teléfono, marcó dos números y a carcajadas le contó a Francisco el sofocón que le había hecho pasar al tocayo del parricida ateniense.

No era la primera vez que misivas quejosas o insultantes llegaban a *Renovación;* al contrario, el arribo de éstas era constante y hubo una temporada en que la asiduidad epistolar fue tan prolija que se hizo necesario abrir una sección pra evacuarla. Se le llamó 'Correspondencia' y resultó tan interesante —en ocasiones más— como los trabajos mejor elaborados de la revista. Por lo menos poseían el don de la gracia y la espontaneidad, además de ser una forma de constatar el impacto que la publicación ocasionaba en el público. A diferencia de otras revistas literarias —*Inicios, Cuadernos*— que jamás supieron la recepción que hallaban en su masa —o esqueleto— de lectores, *Renovación* produjo un diálogo habitual y copioso con los suyos.

Quizás el más enjundioso y significativo de estos epistolarios fue el suscitado por los jóvenes escritores que se sentían excluidos de *Renovación.* Aquí los lamentos alcanzaron su diapasón más gemebundo, revelando al mismo tiempo que detrás de los escritores que se habían dado a conocer con el triunfo revolucionario —aunque con anterioridad hubiesen redactado o aun impreso algunas letras— asomaba ya una novísima generación que les pisaba los talones. Aún estos 'novísimos' eran ridículos y sus gemidos estaban teñidos por un patetismo que los caricaturizaba, aún eran un amasijo en el que predominaba la confusión; pero ya se desgajarían, ya el revoltijo iría cobrando forma y su evaluación tendría una medida individual. Los de *Renovación* intuían, sospechaban, olfateaban esto. También ellos habían surgido repartiendo planazos arbitrarios, chillando, negando, proclamándose los únicos con derecho a existir. Los que venían detrás quizás habían tomado buena nota del método y se preparaban para ponerlo en práctica también, pero ahora sobre los de *Renovación*, contra los de *Renovación*. El que a hierro mata... Por tanto, había que apretar filas, tramar bien los escudos. La retaguardia debía ser vigilada y aquellas cartas eran una advertencia, aunque por el momento no constituyeran un peligro notable ni cercano.

El más agudo de los lamentos lo profirió un despechado por cuya garganta, según él, se salían los ayes de una veintena de nuevos escritores. En una carta encaminada a Rey y donde después de jerarquizarlo como director de *Renovación* lo trataba de 'compañero en las letras', y le hacía saber que 'en Cuba, amigo Rey, además de usted y de la piña que controla su revista, hay una pléyade notabilísima de jóvenes dedicados a las letras'. Facturaba la nómina, que abarcaba la tercera parte de una columna, e inmediatamente le aseveraba 'con toda responsabilidad': 'Y tienen una obra —fíjese en los adjetivos— organizada, valiosa, abundante. La mayoría de ellos con libros en proyectos, listos para las rotativas careras (¡!)'. (Nota: los signos de admiración intentan reemplazar el brinco que dio Rey cuando se topó con aquellas 'rotativas careras' y los pelos que perdió tratando de descifrar su significado). Le lanzaba un reto contundente, tan espeso como la 'obra abundante' de los veinte escritores noveles por él mencionados: '¿quiere ver si tienen obra o no? Publique esta carta en integridad —usted asegura tener espacio— y ponga debajo, como suya, una noticia aceptando que ellos le remitan su producción. Se sorprenderá, compañero. ¡Ya lo verá!'

Una carta así, tan rotunda, con tal peso de nombres, no podía quedar sin respuesta. Había que recoger el guante. La carta, pues, fue publicada 'en integridad' con la firma de su autor en caracteres tan desmesurados que parecía el titular de un periódico; pero la 'noticia' aceptadora que pedía el abanderado de la pléyade tomó la forma de una réplica especiosamente burlona —ese era el tono de la revista y no podía perderse en ningún momento, mucho menos en uno como éste— compuesta por alguien que debía ser Rey pero que no asomaba la corona: 'Este asunto de las publicaciones en la revista —ripostaba la sombra de Elsinore— no hay que reducirlo necesariamente al absurdo. A pesar de que la revista tiene suficiente material literario a su disposición; a pesar también de que ustedes afirman y lo demuestran con las firmas que siguen a la carta abierta que casi forman una legión sagrada, las cosas, tal como están planteadas, se pueden resolver de la siguiente forma: partiendo de la base que el criterio de la revista es el de la selección por calidad de los trabajos, no vemos inconveniente alguno en que todos los escritores envíen sus trabajos a fin de ser publicados. Es decir, publicados si publicables. No existe otra norma en nuestra casa.' Sentada esta premisa, extensiva a cualquier demanda similar que pudiera partir de no importaba qué flanco, y estampada en el papel al correr de la máquina (Rey no se tomaba la molestia de gastar más de cinco minutos en estos trámites), se podía cerrar con una embozada carcajada: 'El tono de su carta y esa patética presentación de más de cincuenta firmas (exageraba a propósito: él sabía que eran sólo nada menos que veinte), abogando por una pronta salida a la arena literaria, nos conmueve y nos anima a proseguir nuestra labor de divulgación de nuestra literatura.'

La epístola a los corintos de *Renovación* no produjo consecuencia práctica de ningún tipo. La 'arena literaria' en que querían revolcarse, o simplemente tenderse para gozar del buen sol, permaneció tan inmaculada para los veinte calzadores de la protesta como la playa de Waikiki antes de ser descubierta por el turismo gringo. Quién sabe si por aquello de 'publicados si publicables' de acuerdo con la 'norma de la casa' (curioso que Rey no aprovechara esta norma para prevenir al lector de que no debía confundirla con la otra Norma que también tenía la suya —su norma— en casa... de la señora Warren), ninguna de las producciones literarias de la obra 'organizada, valiosa y abundante' de la constelación apareció en la revista. En cambio sí fluyó un torrente de cartas nada halagüeñas para aquel que se había erigido en paladín de los marginados, y sorprendentemente firmadas por aquellos escritores novísimos que él había insertado en la suya. Uno de ellos, por ejemplo, vociferaba iracundo: 'yo no estoy de acuerdo en que se haya puesto mi nombre en esa retahíla de nombres que acumula... No sé por qué he aparecido entre tanta gente.' Otro, más sutil, envolvía el repudio en una alteración de géneros que podía achacársele al linotipista: 'He visto con sorpresa (aunque el título, 'Todo invertido', debió alertarme) que en la última *Renovación,* por ciertas confusiones de redacción y tipografía, aparezco suscribiendo algo que no firmé y con un sexo que no es el mío.' Siempre prestos a sacarle el jugo a toda confusión —muchísimo más a una de esta naturaleza— los de *Renovación,* sobándose las manos, aclararon enseguida: 'Evidentemente, sin quererlo, ha hecho viajar a Dinamarca al estimado poeta católico. Pedimos perdón —en nuestro nombre y en el de X suponemos— por este trasvestismo literario.' Otros, no queriendo mostrarse ingratos con quien por su parte se había mostrado tan generoso y paternal con ellos, buscaban un equilibrio argumental: 'Estoy de acuerdo con la intención de la carta de X, pero no lo estoy con su forma de plantear las cosas. ¿Para qué tantos nombres? No creo necesario tanto derroche de mayúsculas. Entre los nombres que cita hay verdaderos valores de nuestra cultura, pero se han citado muchos de más y eso ha debilitado la protesta. Dando lugar, naturalmente, a que usted salga con su letanía de que si verdaderamente valen serán publicados.' De éste al menos, pensaría X, no se podía decir aquello de 'cría cuervos...' Y además rociaba de cicuta a Rey. En parecidos términos concebía una joven escritora que se firmaba Gisela a secas, su contribución. Quizás por su edad, por su sexo y porque 'no podía aguantar la rabia', trataba a Rey de tú. Y es probable que por las mismas razones su carta fuera igualmente un modelo de redacción macarrónica (lo cual, de otra parte, la hacía deliciosamente encantadora). 'En cierto modo, antes que nada —escribía Gisela como le daba su real gana—, debo agradecerle a X su carta abierta, no sólo por recordarse de mí, sino por la proclama en sí que abría a los ya cansados ojos de los poetas JOVENES (ya sean de esta generación o de la próxima, no sé cómo nos clasifican ustedes). Hazle llegar, si te es posible mi agradecimiento, él se hacía eco, sin duda, de nuestras inquietudes. Es muy loable su ingenuidad, ¿no es cierto, Luzbel?, muy loable, porque nuestro amigo X aún cree que con cartas abiertas dirigidas a un emisario del demonio como lo eres tú, al primer criminal, puede esperarse una solución al gastado y constante problema piñático.' Lógicamente, Rey, bajo esa catarata de maravillosos insultos, se despojaba del sombrero, un sombrero de alas anchas y flexibles, empenachado por una pluma de avestruz, hacía una impecable reverencia de cortesano de Luis XIV y con timbre de Romeo en la escena del balcón de Julieta, respondía a la poetisa de miriñaque y seno Pompadour: 'Gisela, ¿cómo una muchacha tan bella como tú puede ser tan injusta? ¿O no debo hacer esa pregunta?' Su voz, goteante de miel, se desplegaba entonces, como la capa de seda que acariciaba su espalda, en lo que el otro corresponsal había calificado como 'su letanía de que si verdaderamente valen...'

En el próximo número el nombre de Gisela volvió a esplender. Pero ahora sus encantos y virtudes no eran objeto del caballeresco tratamiento que Rey le había dispensado. Un François Villón cualquiera, de gaznate tabernero e inclinaciones prostibularias sin duda —que X había infiltrado en la pléyade de notables—, la agredía rufianescamente: 'Gisela no pudo haber escrito una carta más mediocre. ¿Qué buscaba? No le encuentro objetivo a esa carta. Lo de las felicitaciones está bien; pero, ¿por qué llamarle a usted demonio? ¡Y el primer criminal! No estoy de acuerdo en nada con esa señorita histérica que dicen que escribe poemas. No estoy de acuerdo con esa vacua palabrería que emplea en su carta. ¿Es esa señorita una de las nombradas por X? Entonces pienso, aunque al principio me molestó, que Fulano tiene razón al decir que hay muchos nombres de más en la carta abierta de X.' El juicio de Fulano era citado de nuevo en la misiva continuatoria, pero esta vez con signo negativo: 'Creo que Fulano está muy equivocado —pregonaba el actual escribiente—. Era necesario que X expusiera esa larga lista de nombres, porque esas personas escriben. Creo difícil que ese señor (naturalmente, Fulano) conozca lo suficiente a todos los nombrados, para dar una opinión como la que dio. El no puede saber si hay nombres de más; eso no quiere decir que necesariamente sean malos *(sic)*. Mi criterio es que está muy bien que publiquen esos nombres, como el de X–1, gran poeta, X–2, escritora de gran sensibilidad, X–3, un dramaturgo extraordinario, y tantas y tantas firmas más. Felicito a X por su valiente carta. Y sólo lamento la injusticia de Fulano y la carta agresiva y snob de Gisela.'

Incuestionablemente, los 'piñáticos' de *Renovación* podían seguir roncando a pierna suelta. La retaguardia, por ahora, no ofrecía el menor peligro.

—¿YA LO LOCALIZASTE?

—Sí, está en el Riviera, pero todavía no he podido hablar con él.

—¿Le avisaste a Alvaro?

—Sí, ya viene para acá.

—Hay que citar a Orestes y a Ovidio también. Y a Alberto. Tenemos que preparar el cuestionario.

—Ya los llamé por teléfono. Les dije que a las dos teníamos reunión en la revista.

—Está bien. Y sigue llamando al Buda azteca. Hay que fijar con él la fecha del conversatorio. Si no lo localizas ahora, prueba al mediodía. Seguro que lo encuentras en el hotel. Ese hipopótamo no se vuela un almuerzo por nada del mundo.

Pedro Luis sonrió y descolgó otra vez el receptor. Marcó el número del hotel Habana–Riviera. Ahora la redacción de *Renovación* estaba en el cuarto piso de un moderno edificio donde también se editaba uno de los periódicos de mayor circulación del país. No abarcaba toda la planta, sino sólo un amplio salón en el ala derecha, con un panel de cristal que miraba la calle. Cinco o seis escritorios se dispersaban por el local y las paredes estaban revestidas de afiches, dibujos, reproducciones de pinturas, carátulas de *Renovación* y algunos desnudos de mujer, todo dispuesto como a la diabla, pero en verdad respondiendo a un metódico y estudiado desorden. El escritorio de Rey llenaba una de las esquinas y tenía dos teléfonos: uno rojo para las llamadas interiores y otro negro para las exteriores. Daba al ventanal, de modo que con sólo rotar su silla Rey tenía ante sí el panorama que le concedían los cristales: esa arboleda de asfalto, ya que por lo poco nutrida no podía calificarla de jungla, pero que él prefería al más remansado paisaje campesino, presumiblemente más por influencias literarias que por otra razón: su apego a la novelística norteamericana era palpable no sólo en sus escritos sino en su comportamiento. Sin esfuerzo dominaba la calle que iba a desaguar en la avenida más ancha de La Habana, el mausoleo donde funcionaba la Biblioteca Nacional, el fondo del recién creado Instituto de Ahorro y Vivienda, o de Pastorita, como le llamaba la gente, y de no ser por el molesto y mastodóntico edificio del INRA habría divisado también la Plaza de la Revolución y la estatua de Martí con el obelisco que la respaldaba, y que por su forma había sido apodado la raspadura. El lugar y la altura donde estaba emplazada *Renovación* parecían corroborar el ascenso y la solidez intelectual que había alcanzado. Era ya, sin duda alguna, la revista de mayor influencia en el medio cultural cubano.

Su esfera comenzaba a girar hacia el espacio internacional, el polo opuesto al que transitoriamente la habían enfrentado los 'novísimos'. Atraídos por el triunfo de la revolución, por las transformaciones que estaban teniendo en el país, empezaban a llegar a Cuba los primeros intelectuales extranjeros. Procedían señaladamente de América Latina, pero venían de otros continentes también. Y los de *Renovación*, siendo como eran las cabezas más visibles de la nueva intelectualidad criolla, se prepararon rápidamente para ser sus huéspedes naturales.

Seguían todos los pasos de los visitantes desde que el avión los depositaba en el aeropuerto de Rancho Boyeros, sabían los hoteles donde se albergaban, el tiempo que permanecerían en el país, las actividades que realizarían... Entraban incluso en contacto con los organismos que los atendían para mantenerse así informados de todos y cada uno de sus movimientos. En breve, *Renovación* vivía, durante el tiempo de su permanencia en Cuba, en función de los intelectuales foráneos.

La distancia que los separaba de los visitantes era notable. Hasta apenas un año antes, ellos, los de *Renovación*, eran en su mayor parte escritores totalmente desconocidos; narradores y poetas prácticamente potenciales, que habían oficiado como redactores en periódicos y revistas comerciales, ejercido el profesorado en raquíticas academias privadas, compuesto anuncios para agencias publicitarias o escrito programas para el radio o la televisión; que habían sobrevivido de cualquier manera en el extranjero; que no podían ofrecer como contraseña de su profesión literaria en no pocos casos ni el más menguado volumen. En contrario, los nombres de los novelistas, poetas, ensayistas que arribaban habían tenido para ellos, hasta ese momento —e hiperbólicamente si se quiere— una suerte de factura mítica. Eran nombres que habían visto estampados en cubiertas de libros procedentes de la Argentina, de México, de España; nombres que tenían repercusión dentro de sus países y fuera de ellos también; nombres, en fin, que ilustraban lo que ellos querían ser, que habían llegado a donde ellos querían llegar.

Su estancia en Cuba les permitía ahora, ocasionalmente, situarse a su lado en un plano de aparente igualdad. Como habían logrado arrinconar a la generación precedente, eran ellos quienes forzosamente debían desdoblarse en sus semejantes nativos. Además, tenían un punto a su favor que en compensación les estiraba el rango: como los visitantes venían atraídos por la revolución, la ventaja de ellos radicaba en que podían hablarles de, desde y un poco como la revolución. Esto los revestía de una autoridad que hacía menos visibles las diferencias. En efecto, a los pocos días de conocerlos el usted había sido sustituido por el tú y el apellido por el nombre.

La redacción en pleno de *Renovación* se movilizaba en torno a los invitados. Pedro Luis los acompañaba en sus paseos por La Habana, en sus viajes al interior de la isla, iba con ellos a los centros de diversión nocturna o los acogía en su casa donde organizaba agradables convites a los que asistían los integrantes de la revista. Espontáneamente, sin esfuerzo alguno, se convertía en el anfitrión ideal. Y mediante él, *Renovación* cobraba a los ojos del huésped una importancia capital.

En las conversaciones, charlas, mesas redondas, etc. que se sostenían uno de los temas principales, prácticamente inevitable, era la relación entre el intelectual y la revolución. Y la palabra compromiso la más socorrida. Quizás la había traído el grupo de jovenes cubanos establecido en París durante la tiranía, quizás específicamente Alvaro. Sea como fuere, encajaba como anillo al dedo en la situación presente. Compromiso era el vínculo que ligaba al intelectual con el proceso revolucionario. Implicaba una responsabilidad, es cierto, pero a la vez se trataba de una opción libremente escogida. Al comprometerse, se había tomado partido y por lo tanto se asumía la responsabilidad de ese partidismo. Pero al mismo tiempo, por ser una toma de conciencia, el intelectual no perdía su independencia. Guardaba la distancia necesaria para enjuiciar objetivamente el cambio revolucionario. Su adhesión no era, pues, incondicional sino perfectamente objetiva y lúcida, como correspondía a quienes habían hecho del intelecto su más afilado instrumento. Naturalmente, había excepciones, y aun entre ellos, en ocasiones se producía el desbordamiento en el fanatismo.

Uno de los primeros en ser interrogado acerca de esta cuestión, fue un afamado escritor latinoamericano.

Enorme de vientre, que se le desparramaba sobre los muslos, ocupaba la mesa disertante en la breve biblioteca donde se efectuaba la conferencia. Un rostro prieto, manchado de lunares, algunos de ellos espesos como garbanzos, brillaba como el cobre. Una nariz imposible se proyectaba sobre unos labios que al hablar tenían algo de brazo y de tentáculo. Frente a él los tres panelistas, sacados los tres de las hojas de *Renovación,* block de papel y lápiz al alcance de la mano, no fuera a ser que se les escaparan las brillantes ideas que seguramente les surgirían durante el interrogatorio. Como en un teatro arena, el público, sentado en sillas de tijera y con semblante ajustado a la ocasión. La primera pregunta fue tajante: ¿Creía él en la literatura comprometida? Un sonoro chasquido, semejante a la explosión de una burbuja de lava, anunció el despegue de aquel belfo irremediable. En contraste, su elocución fue nítida y perfectamente organizada. Bien, para él el término literatura comprometida se prestaba a equívocos. Se llamaba así lo mismo a los escritores que no evadían los problemas de su tiempo que a aquellos autores vinculados directamente a ideologías —y no hacía distingos entre éstas— a cuyo dictado se sometía. Cierto que era más común designar como literatura comprometida a la literatura de izquierda... Sí, él creía en la literatura comprometida que sin compromiso de ninguna índole expresara por boca del escritor el pensar y el sentir de esta época. Era una respuesta que los panelistas de *Renovación* estaban dispuestos a suscribir. En efecto, así entendían ellos el compromiso: como una asunción racional de su circunstancia por parte del escritor. Entendido de este modo, el compromiso le concedía al escritor una apreciación imparcial, e incluso crítica, del proceso histórico al que se sumaba en el más extremo de los casos: la participación. De aquí se desgajaba, como fruto maduro que naturalmente se cae de la rama, la cuestión siguiente: ¿Era entonces ésa, la literatura comprometida, la única posible en nuestro tiempo? Como profesional de las letras, el interrogado desvió un poco el asunto del plano netamente teórico, conceptual, hacia el más práctico de la realidad editorial. El gusto del público se inclinaba hacia ese tipo de literatura, sí. En general los libros de tema político o social eran los que seducían a los lectores. Antes los editores ponían cara de vinagre cuando se les llevaba un libro de lucha; ahora eran ellos los que los demandaban. Es el signo de los tiempos, enfatizó gravemente, que es social y político. El vaso de agua pasó de la mesa a su boca, que ya mostraba salpicaduras de sudor en su entorno, y todos fueron testigos de la desaparición de por lo menos la mitad de su borde —quizás aquel donde había quedado retenida la esperanza. El tema a que lo obligaron a continuación no fue de su agrado porque lo forzaba a mencionar una definición acuñada por otro escritor rival que de unos diez años a esta parte venía empujándolo, con una tozudez inaguantable, del sitial que él, por bien ganado derecho, ministraba en las letras americanas. De todos modos, como un probado feriante, se las agenció para contar el milagro sin referirse al santo que lo había propiciado. El realismo–mágico–americano—juntó en una sola las tres palabras—, sí, participaba, desde luego, del mundo negro, pero asimismo del indígena. Se escurrió por esa brecha: la magia propiamente dicha empezaba en lo vegetal, sin contar con los cactus que permitían trasladarse a mundos increados, el peyotle, ni los hongos de las visiones, ni las demás plantas y bebidas alucinógenas. La referencia a su propia obra —que se holgaba del mundo indígena y vegetal de América—se transparentaba; pero él había sabido encubrirla con el humo sagrado de Huitzilopochtli. Había, no obstante, que despejar la piedra de los sacrificios y dar a la vez una prueba de amplitud mental. Dijo entonces: ¡El problema social va! (Una sonrisa de simpatía en las caras de los panelistas y el público respaldó el ingenioso empleo de aquella expresión que en Cuba se aplicaba a la reforma agraria)... pero también va la magia, lo onírico, lo fantástico. Dejar de lado todos esos elementos sería ofrecer una imagen incompleta de nuestro continente. Del continente había que saltar a la isla y los panelistas lo condujeron aquí con la misma celeridad y precisión que días atrás el avión lo había sacado de su país de grandes selvas y ríos torrenciales para aposentarlo en Rancho Boyeros. ¿Que si ustedes pueden aportar cosas importantes a la literatura mundial? (El ustedes no particularizaba a los interrogadores sino a todos los escritores cubanos —pero sobre todo a los más recientes— motivados por la revolución). Pues claro que sí, no faltaba más, desde luego que pueden: en el poema, en la novela, en el teatro. Por algo han hecho una revolución. Los materiales están ahí, en la revolución, que es ahora la vida de Cuba. Lo único que falta son las manos del poeta, del escritor que transforme esos materiales en valores de eternidad. Entonces, ¿qué consejos podía darles él, que era un escritor con tanta experiencia, a ellos, esto es, a los jóvenes escritores cubanos? Se enderezó en el asiento —una poltrona a la medida de su prestigio y dimensiones—, se frotó un momento la barba, con la vista baja, y luego miró rectamente al panel: ¿Consejos a los jóvenes escritores cubanos? Uno sólo: trabajar, trabajar y trabajar. Y nada de evadirse, que hasta ahora eran sólo monitos y ratones los que estaban mandando al espacio. Había que recoger en vivo esa nueva palpitación de un pueblo, el cubano, que nacía a una nueva realidad social: la de la tierra recobrada, pues la cubana era una típica revolución campesina. Una llamada de atención, un toque de alerta previsor: no se trataba de escribir sobre estos temas ciñéndose a consignas. Haciendo eso se caería en una literatura estéril, recitlínea, manca y al estilo de ciertas películas donde unos eran los buenos y otros los malos desde el principio hasta el fin. Se trataba —e inclinó el torso hacia la mesa y apoyó las espesas manos en la tapa, los no menos espesos ojos en sus interlocutores como para penetrarles mediante éstos sus recomendaciones—, se trataba, repitió, de inspirarse en este renacer del país, de empaparse de sus esperanzas y sus alegrías y traducir eso, con todo lo demás, lo humano, lo dilatado y ampliamente humano. Estoy seguro de que los escritores y los poetas cubanos me entienden. No hubo palabras, pero la mirada que recibió fue de franca aprobación. Entonces a trabajar, a trabajar y a trabajar: duramente, tesoneramente, sin ver atrás ni a los lados, sin esperar el fácil elogio, sin querer hacer la estrella de cine ni creerse el ombligo del mundo.

Así sea, antifonó el panel.

PAREJAMENTE CON LA LLEGADA DE los pioneros intelectuales, se abrió la era de los concursos literarios. Curiosamente empezó a florecer en el invierno, con el azote de los primeros nortes que cachetearon el Malecón y el· edificio donde se albergaba la institución cultural que auspició el inicial. Sus bases cubrieron toda la América de habla hispana, incitando a escritores andinos, mediterráneos y costeños a mover la pluma o a desenterrar manuscritos que no habían tenido la fortuna de gemir bajo las prensas. Era la primera vez que un país de la América —y nada menos que el que acababa de estrenarse una revolución— convocaba a hombres de letras que tenían un mismo origen, una misma historia y un mismo destino a optar por un premio que concedería a las obras seleccionadas un relumbre que iría más allá de los méritos estrictamente literarios. Y el llamado no cayó en el vacío. Por el contrario, en poco tiempo, del norte, del centro y del sur del continente se transportaron a la isla piezas concursantes y jurados, pues el tribunal que dictaminaría los fallos estaría compuesto por escritores de diferentes naciones latinoamericanas, incluyendo a Cuba, desde luego. Y dentro de la isla la convocatoria exaltó a cuantos trasegaban en los medios literarios. Aun escritores potenciales —y en rigor muy pocos no lo eran entonces—, se sintieron tocados por el resplandor consagratorio que emanaba del evento. Los de *Renovación* calibraron enseguida su importancia y se dispusieron a calorizarlo como si fuera suyo. Después de todo, se dijeron, si en Cuba podía hablarse de una nueva generación de escritores en gran medida se debía a la revista que ellos editaban, a los muchos escritores —incipientes los unos, con cierta obra los otros— que habían acogido en sus páginas así como a los escándalos y polémicas literarias que habían originado. Todo ello había contribuido a fomentar un clima cultural en el país, tan raquítico en este orden de cosas durante la república.

Varios de los componentes de *Renovación* ordenaron sus papeles y los enviaron al concurso, bastante confiados en la posibilidad del triunfo. De la misma manera que Cuba ocupaba un lugar estelar en la historia americana, su literatura debía ocupar una posición similar. Así razonaban, además de confiar en la calidad de sus escritos. Los jurados, por lo menos los extranjeros, no pasarían por alto esa circunstancia. Pero al margen de este interés personal buscaron respaldar el acontecimiento, convencidos de la significación que indefectiblemente debía tener en el ámbito latinoamericano. Y así escribieron: 'Este certamen es un síntoma de nuestra nueva mentalidad, más libre y dinámica. Es un síntoma de la preocupación que todos los latinoamericanos tenemos por echar a andar el carro de la literatura. Para Cuba concursos como éste tienen mucha importancia. Con ellos parte del vacío tradicional en que han vivido los intelectuales en la América española se va llenando.'

Rey tenía suficientes relatos como para integrar un libro, aunque no muy extenso. Eran cuentos que había ido publicando en revistas comerciales y en algún que otro magazine literario en el transcurso de varios años. Llenaban por entero su hoja de servicios a las letras y le habían dado el crédito de escritor de que gozaba, pues su labor como cronista de espectáculos había que situarla —y él mismo lo hacía así— a la orilla de la creación literaria. Era, pues, todo lo que podía ofrecer como credencial de narrador. Pero dentro del anémico circo de las letras nativas no podía decirse que fuera un haber despreciable. Otros escritores de más edad que él, cuyos nombres venían barajándose desde hacía años en el tapete de la literatura cubana, no exhibían una obra mucho mayor. Y las suyas eran historias bien construidas, escritas con desenfado y humor, en una prosa ligera, amena y bella; únicamente algunos relatos se mostraban tan sometidos a la literatura norteamericana que daban la impresión de ser una traducción del inglés. Pero Rey era un escritor joven, que prácticamente se iniciaba en la literatura, que sólo ahora podía desentenderse de su oficio de cronista para dedicarse a la escritura —y en un ambiente favorecedor—, y por tanto aquellos cuentos no debían verse sino como un apunte de sus posibilidades. Sin embargo, Rey sabía que había en ellos algo que conspiraba contra sus aspiraciones a ser galardonado: sus temas. Todos eran cuentos cuya acción se desenvolvía en el pasado; ninguno rozaba el presente, ni tan siquiera el ayer inmediato de la insurgencia revolucionaria. Todos sin excepción hablaban de un tiempo ido, de los días difíciles de su niñez, de prostíbulos, de turistas yanquis para quienes todo en el trópico era *so wonderful,* describían lúbricas ceremonias religiosas africanas o escenas de la vida burguesa que él no conocía sino sesgadamente. No obstante, a pesar de la seguridad con que habían sido trazados, de su amenidad, de los brillantes toques de humor que los matizaban, aquellos relatos inspiraban un cierto aire sofisticado.

Pero en realidad lo que le preocupaba a Rey no era la superficialidad que pudieran transparentar sus historias, sino la ausencia en ellas de una temática de la revolución —no revolucionaria, ya que estéticamente él tenía un concepto distinto de lo que podía definirse como revolucionario en la literatura. Sabía que los jurados, señaladamente los extranjeros, buscarían en las obras cubanas un reflejo de la situación actual de la nación o en su defecto de la lucha contra Batista. Era, si no una condición *sine que non* para acceder al premio, sí, cuando menos, una ventaja que lo facilitaría.

Mas él, Rey, no poseía ningún cuento con aquellas características y ni remotamente podía pensar en sentarse a la máquina a urdir una decena de historias con asunto revolucionario. Debía rellenar este punto vulnerable de su libro de otro modo. ¿Pero cuál? No le fue sencillo hallar la solución, pero dio con ella: una serie de estampas, de narraciones muy breves —una o dos cuartillas a lo sumo— que tenía escritas sobre hechos verídicos ocurridos durante la tiranía y que la prensa de entonces había recogido o que él conocía por referencias.

Intercalaría esas estampas, esas como miniaturas de vigoroso impresionismo, entre un relato y otro de manera que el libro estuviese recorrido del principio al fin por ellas. Serían como un hilo conductor de literatura de asunto revolucionario enlazando el pasado tradicional de Cuba con su ayer más reciente de combate. Dos épocas, dos momentos del devenir cubano —largamente sombrío el uno, sin duda heroico el segundo— estarían presentes en su obra.

Rey respiró aliviado. Podía mandar su libro al concurso con tranquilidad.

Paradójicamente a Alvaro no le inquietó la no militancia revolucionaria —en el sentido político— del libro de poemas conque concurrió al certamen. A diferencia de Rey no entró a considerar si había incongruencia entre su obra y sus postulados. Para él aquel testimonio de su presencia en el mundo, aquel apasionado diálogo que sostenía consigo mismo a través de la poesía, aquel pensar poético acerca de la vida, del hombre y de su destino, eran en sí mismos suficientemente revolucionarios como para no precisar de la circunstancia histórica inmediata. Lo medularmente revolucionario, para Alvaro, estaba en la actitud que el creador asumiera frente a su sociedad. Y en ese aspecto su poesía era rebelde, enemiga total de los valores burgueses y del orden burgués. Además, como en el caso de Rey, los mejores poemas de Alvaro habían sido escritos antes de la epifanía revolucionaria y estaban teñidos por ese rabioso individualismo que le imprimió a su vida su formación parisina. No obstante, Alvaro tenía fe en su poesía, en la cólera que traducía contra el mundo irracional en que le había tocado vivir, en la liberación del hombre que, aunque oscuramente, procuraba. Y todo ello mediante un lenguaje que no hacía la menor concesión al discurso poético usual, sino que en contrario intentaba quebrar, retorcer, desechando de él todo cuanto había sido su retórica. Había asimismo, pensaba él, un esfuerzo por identificar su poesía con una realidad nacional pasada. Y si los poemas evidenciaban algún pesimismo era consecuencia del rencor ardiente que había sentido contra la injusticia, injusticia que la historia se estaba haciendo cargo de pulverizar. De ahí que no dudara en inscribir la palabra Revolución al frente de su libro.

Ovidio había sido escogido para formar parte del jurado. Fallaría en dos géneros: cuento y poesía, precisamente aquellos en que competirían Rey y Alvaro. Pero esto no significaba, ni lejanamente, que su presencia en el tribunal fuera a beneficiar el acceso de ellos al premio. No, Ovidio juzgaría imparcialmente y votaría sin que en su decisión pesaran los lazos de amistad que lo ligaban al grupo de *Renovación*. Daría su voto a la obra más lograda a su juicio sin tener en cuenta quién era el autor. Además, como no sería él sólo quien discerniría el premio sino que compartiría esta responsabilidad con otros cuatro jurados —extranjeros los restantes—, el libro ganador debía contar, si no con el criterio favorable de la totalidad, sí irrevocablemente con el de la mayoría. Ello garantizaba la absoluta imparcialidad del concurso. De todos modos, los aspirantes de *Renovación* vieron con agrado que uno de los suyos figurara en el tribunal.

Durante quince o veinte días —el tiempo que transcurrió entre el cierre del concurso y el conocimiento de sus resultados—la vida literaria cubana, o por lo menos la habanera, se polarizó en este evento. En corrillos y reuniones se mencionaban nombres de autores locales que posiblemente estaban compitiendo, se repetía lo que había comentado este o aquel jurado, se estaba a la caza de toda suerte de noticias. De alguna manera los escritores juzgados trataban de acercarse a sus juzgadores, de hablar con ellos y extraerles cualquier indicio, por vago que fuera, que los ayudara a saber la situación en que se encontraban sus manuscritos. Especialmente en los últimos días, cuando ya un buen número de obras habían sido desechadas y quedaban las finalistas, aquellas que reñirían por el premio, la impaciencia entre los candidatos alcanzó su punto máximo. No vivían sino en función del desenlace; merodeaban por los lugares donde creían que podían obtener algún dato, acechaban a las personas que tenían acceso a los jurados,

135

rastreaban infatigablemente cualquier informe capaz de animarlos hasta la exaltación o sumirlos en el más lamentable desconsuelo.

La oficina de *Renovación* era el mentidero más notorio de La Habana. Aquí tenía su sede uno de los centros de recepción y dispersión de noticias alrededor de la competición, verídicas unas pocas, totalmente fabularias la mayoría. Un arribo de plumas superior al habitual se registraba a todas horas y los no concursantes se habían especializado en propalar falacias para gozar de la reacción de los contendientes, pues aparte de Rey y Alvaro otros colaboradores de la revista habían presentado también sus obras. Así, sigilosamente se aproximaban a un participante y le deslizaban en el oído que sabían de buena tinta que su libro estaba peleando por el premio. Cuando el incauto quería averiguar más, le decían que eso era todo lo que podían decirle, que lo que le habían informado era rigurosamente secreto y no debía comentarlo con nadie, pues los perjudicaría. Esperaban a que la víctima se marchara, sintiendo ya en sus sienes la corona de laurel, y entonces las carcajadas que largaban se oía en el lejano despacho de Francisco.

Desde un punto de vista personal, el concurso resultó un fiasco para los candidatos de *Renovación,* ya que ni Alvaro ni Rey fueron premiados, ni tampoco ninguna de las obras presentadas por otros escritores del grupo alcanzó la deseada recompensa. Los premios de poesía y cuento recayeron en dos autores extranjeros, lo cual fue hasta cierto punto un alivio, pues de haber sido cubanos la derrota se habría convertido en inevitable rencilla. De todas formas, supieron asimilar el fracaso y exhibir públicamente una faz de buenos perdedores. No acusaron al jurado de incompetente o de haberse parcializado. Si querían sacarse del cuerpo la espina, tenían que hacerlo de un modo encubierto, sin comprometer a la institución que había organizado el concurso ni minar el prestigio de los intelectuales que habían decidido los galardones. Y si por un lado realizaron un despliegue de fotografías, entrevistas, comentarios, destacando las conclusiones del certamen, por otro introdujeron opiniones disidentes de algunos jurados y publicaron a la par manuscritos premiados y no premiados para provocar una confrontación pública. Si el restringido cuerpo que fallara los premios les había sido adverso, apelaban al masivo de sus lectores para que dictaminaran también, seguros de que su sentencia les sería favorable.

No obstante, por su parte, Ovidio, que le había facilitado su voto al poemario de Alvaro, quedándose solo, pues los demás jurados desestimaron su oferta, produjo un extenso artículo razonando su elección a la vez que fijaba su posición ante la poesía. 'El contenido —escribió entre burlona y despectivamente— es el pretexto que siempre aflora para justificar lo que literariamente no se puede justificar. Incuestionablemente, América Latina es la tierra de las buenas maneras. Sin ser hiperbólicos, se puede afirmar que los poetas de nuestro continente son tan sagrados como los cerdos para las tribus de Israel.' La causa de su irritación contra un no mezquino número de escritores latinoamericanos se traslucía a continuación: 'La literatura social es su patrón para medir las obras. Y el escritor que no tome parte en esta sacrosanta batalla se encuentra inmediatamente expulsado de la cofradía, como un ente indeseable.' Agredía virulentamente el libro premiado, calificándolo de efectista, de estar construido a base de ripios, de aburridas e interminables disquisiciones acerca de la historia de los pueblos de este continente, y acto seguido fijaba su concepto de la poesía: 'Yo no valoro la poesía desde una posición social o política, sino desde la poesía en sí, por sí y para sí.'

Defendía la obra que había llevado como premio porque según él ofrecía 'una visión del mundo postulada desde la complejidad poética y sin relación alguna con las formas arquetípicas del pensamiento.' Se apoyaba en una conocida formulación de Sartre para excluir al poeta de la literatura comprometida, y volvía a la carga contra los que propugnaban un arte social: 'El escritor —observaba Ovidio—, como hombre, no puede eludir el compromiso; pero de eso a estar comprometido con una ideología, con una política determinada, con un partido, hay un trecho insalvable.' Lo sorprendente era que Alvaro, el poeta a quien Ovidio defendía, se significaba por ser uno de los más convencidos partidarios de una poesía comprometida, aun partidista, que se debía manejar como un arma al servicio de la Revolución. (No mucho tiempo después Ovidio comprendería que había elegido mal, que se había engañado con Alvaro. Y si éste no replicó entonces, si no atacó sus declaraciones con la agresividad que le era consustancial, fue por mero agradecimiento. Después de todo, Ovidio había votado por su libro y habría sido una ingratitud suya enfrentársele, desmentirlo).

En cuento, género en el que también había dado su voto a una obra distinta de la premiada, Ovidio no hizo ningún comentario —quizás por estimar que al referirse a la poesía ya lo había dicho todo y que de comentar el libro de cuentos elegido habría tenido que calcar sus argumentos, pues éste reproducía las características que él había rechazado en el volumen de poemas gratificado. No obstante, se lo hicieron por él: el comentario. *Renovación* impriemió un cuento del libro epremiado y en página opuesta, como retándolo, otro del escogido por Ovidio con una nota en la que le criticaban no haber aclarado que el fallo no había sido unánime, que él, Ovidio, había votado por otro libro. Como en el caso de la poesía, se reiteraba el desafío acudiendo al lector como árbitro supremo de la contienda.

A PESAR DE SER EL DIRECTOR de la revista literaria más conocida del país, Rey no había abandonado sus antiguos hábitos de cronista de espectáculos. Las estatuarias cronistas del Tropicana, las folletinescas cantantes que gemían sus canciones hacia la madrugada en el Pico Blanco o La Gruta, el fingido desenfreno histérico de la Lupe en La Red, seguían figurando entre sus más apegadas aficiones nocturanas. La revolución no había alterado aquel mundo, ni —pensaba Rey— tenía por qué alterarlo. Era parte de esta tierra, de este pueblo, de la sangre sincretizada del cubano. España, Africa y clandestinamente el sur dolido de los Estados Unidos se juntaban en él. La vida nocturna de La Habana era tan consustancial a Cuba como la noche de terciopelo que él había descrito en su impresión sobre el parque. Rey había vivido en ella como alguna vez, y por años, vivió en la penumbra de los cinematógrafos diurnos. Para escapar del día, de la claridad que inclusive físicamente le molestaba las pupilas, se había dado al artificio de la sombra y del celuloide. Así había fraguado otra noche imaginaria que se insertaba en la real, pasando de una a otra sin solución de continuidad. Sólo que ahora Rey *pensaba* aquella afición, el irresistible influjo que ejercía en él lo que un día llamaría la nostalgia de la noche. Su contacto con intelectuales extranjeros, sobre todo europeos, le llevaba a sofisticar lo que hasta entonces había sido mera pasión espontánea. Al presente, si no una filosofía, cuando menos una manera de concebir la vida y de conducirse se desprendía de sus gustos: Rey buscaba en el delirio de la noche el repudio a la naturaleza social del hombre. Si momentáneamente la revolución lo había arrastrado a imaginarse fundido al conglomerado social, a no sentirse una isla en sí mismo, sino, parodiando a John Donne a través de Hemingway, parte de un continente —y en el caso de él ese continente era la marejada revolucionaria—, ese momento había pasado ya o declinaba velozmente. Las palabras compromiso, responsabilidad, posición, tan caudalosamente usadas en escritos y conversaciones, eran parte ya de un manual de retórica ocasionado por una fugaz exaltación política. No había más compromiso, para el escritor, que su literatura, y no podía exigírsele otra responsabilidad que la de escribir bien. El escritor era un testigo, no un participante, y ante cualquier circunstancia esa era la posición que debía adoptar. Toda adhesión política o ideológica limitaba su perspectiva. Se podía estar de acuerdo con la revolución en principio, pero no identificarse con todos y cada uno de sus aspectos. El escritor debía preservar su independencia de criterio y creacional. El mundo era un caleidoscopio múltiple y no había por qué contemplarlo a través de un solo prisma. Tampoco tenía por qué erigirse, el escritor, en juez moral. Todas las actividades humanas eran parejamente lícitas, desde la acción heroica de un combatiente hasta Benny Moré filigranando sus boleros en el cabaret Sierra. Todo se inscribía dentro del riquísimo horizonte humano, y el escritor no estaba para seleccionar sino para registrar. Muchísimo menos para juzgar. El sayo de inquisidor no le ajustaba. Para Rey el artista era un amoral, un ser situado más allá del bien y del mal, una sensibilidad que no enjuiciaba los actos del hombre bajo la regimentación de ningún código ético. Al contrario, para él sus hechos marginales eran su mejor definición. De ahí esa pasión vivísima que sentía por la vida nocturna, por la palidez multicolor de los cabarets, por su atmósfera agridulzona, por los extraños entes que poblaban aquel submundo. Rey amaba ese mapa especial que el turismo norteamericano había ido trazándole a la ciudad, de tal modo que ya no podía concebir una Habana sin el tejido de lujosos cabarets y clubes minúsculos que tramaban todo su perímetro. La noche insular y urbana —como él la designaría alguna vez desde la memoria del exilio— se daba allí toda entera.

Cuando Rey quería deslumbrar, o por lo menos impresionar, a algún intelectual extranjero, lo conducía a El Chori. Todo se producía de un modo aparentemente casual, pues no soportaba que se le tomase por un baedecker criollo o por una tarjeta publicitaria. Detestaba el oficio de matrona y él sabía que la visión que de Cuba siempre se había tenido en el extranjero era la de un inmenso lupanar. De aquí que no propiciase las visitas a centros nocturnos de una manera abierta. Pero, de otra parte, Rey sabía también que los invitados, por muy depurados que fueran sus gustos, venían a Cuba buscando, además del impacto de la revolución, algo de su exotismo tropical. Toda una vasta tradición de tierra de maracas, ron y rumberas no se desvanecía en un instante, aunque ese instante fuese el cegador de la revolución. Querían conocer lugares típicos, autóctonos, populares. Alguien proponía entonces una visita a El Chori. Allí el huésped tendría la oportunidad de ver con sus propios ojos, sin ningún tipo de adulteración, cómo se divertía el pueblo cubano, cuáles eran sus gustos, su música, sus bailes.

El Chori era un cabaretucho anclado en la playa de Marianao, de techo de zinc y paredes de madera. Sus puertas se abrían a una callejuela oscura y sucia que pechaba una ruidosa estación de guaguas, y que corría paralela a la Quinta Avenida con su ininterrumpido tráfico, las luces frías del alumbrado público, los anuncios lumínicos de sus cabarets, sus puestos de fritas, sus casetas de tiro al blanco y el rumor constante que surgía de los aparatos mecánicos del Coney Island y su bullicio. Era en su totalidad una zona de diversión pobre, confusa y estridente adonde acudían especialmente trabajadores y en gran proporción negros, sobre todo los sábados por la noche, a tomar, bailar y hacer el amor en cualquiera de las numerosas posadas que había en su contorno. De todos los bares y cabarets establecidos allí el más misérrimo era posiblemente El Chori, si no se contaba a El Niche, fijado precisamente a su lado y del cual lo separaba tan sólo una pared medianera de tablas. Sin embargo, era el más popular de la playa de

Marianao y poco a poco se había ido haciendo de una clientela especial que había divulgado su existencia en los medios artísticos. Su notoriedad se debía al músico que justamente le había prestado su nombre y que constituía su mayor atractivo. El Chori era un negro de mediana estatura, cuerpo macizo, brazos largos y facciones netamente simiescas. Tocaba en la orquesta, mejor dicho en el conjunto que hacía resonar sus instrumentos allí: contrabajo, trompeta, tambor, alguna guitarra, timbales. El no, el Chori no precisaba de ningún instrumento musical, por lo menos no tradicional. Los suyos eran muy suyos: botellas, sartenes, cacerolas, cualquier objeto que repercutiera y que él golpeaba con un grueso clavo sacándole sonoridades y ritmos insospechados. Jamás tocaba en estado normal; siempre parecía estar borracho o endrogado, o esa era la impresión que daba su rostro soñoliento, sus ojos acuosos, los vibrantes pero mecánicos movimientos de sus brazos. En contraste, tenía un sentido muy despierto de la publicidad y durante el día agobiaba las calles de La Habana escribiendo su nombre en aceras y muros con una tiza blanca y una letra grande y bien trazada. La ciudad estaba plagada de aquel remoquete, de tal forma que el Chori era conocido aun entre aquellos que jamás lo habían visto personalmente.

Este era el personaje que Rey gustaba mostrar a los intelectuales extranjeros y éste el sitio al que solían llevarlos para que conociesen algo auténtico y vieran cómo se divertía el pueblo, el verdadero pueblo cubano.

Ahora estaban sentados a dos mesas unidas frente a la tarima donde ejecutaba la orquesta, como espectadores de primera fila de una función singular que sólo era posible presenciar aquí, en este trópico de sudor y ron, de noche blanda y mansa que se fundía insensiblemente con el alba. El invitado de honor de *Renovación* era un escritor latino, joven, de mirada vivaz, mejillas tersas y suavemente abultadas como las de un bebé y bigote pulcramente recortado. Rey le había hecho entrevistar para la revista, había publicado un extenso artículo suyo sobre la política norteamericana en Latinoamérica, lo había acompañado en parte de su recorrido por la isla y por último, para rematar con una especie de plato fuerte, lo había traído aquí, al tugurio del Chori.

Como de costumbre, no estaba solo sino secundado por un grupo de colaboradores de la revista que se desplazaba con él, tras sus pasos, como un séquito. En calidad de favorita, se había hecho acompañar por Mirta, una actriz delgada y alta, de pelo chorreante y espejuelos redondos con aros de oro que destacaban sus ojos acogedores, ladinos y astutamente expresivos. Calzaba unas botas negras, de piel muy flexible, que le rasaban las rodillas, y fumaba en una larga pitillera. Se asombraba de todo, como una ingenua colegial que de pronto hubiera sido trasplantada a un ambiente inédito y alarmante para ella. No era así, desde luego; Mirta conocía estos lugares como la palma de su mano, pero formaba parte de su actuación el mostrarse sorprendida, candorosamente desconcertada y aun asustada. Era actriz y como tal no debía olvidar que estaba en la obligación de acarrear las tablas consigo a dondequiera que fuese. Ernesto, el más leal de los discípulos de Rey, el que reproducía no solamente su prosa sino su modo de vida, se encontraba ahí como pez en el agua, y los formidable, maravilloso, genial estaban a pupilo en su boca. Era el más bisoño de los escritores de *Renovación* y publicaba su real euforia con todo el cuerpo: gesticulando, brillándole los ojos, sacudiendo brazos y piernas, palmeando constantemente a sus vecinos para hacerles secuaces de su entusiasmo. Mañosamente Loredo había logrado sentarse al lado del huésped —usurpando el puesto que Alvaro se había destinado—, pero en verdad estaba más atento a los fornidos clientes —negros y mulatos en su mayoría— que llenaban el salón que a los comentarios del escritor extranjero o a las ingeniosidades conque Rey salpicaba la conversación. Su frente pulida y morena, como dorada al sol de la playa con alguna loción, espejeaba bajo la luz de los dos reflectores que convergían en el estrado. A sus ojos sagaces, que mantenía en constante movimiento, no escapaba la desproporción entre hombres y mujeres que impe-

143

raba allí, lo que quizás le aportara alguna ganancia inesperada. Saúl, un hermano de Rey, supervisaba igualmente el local, pero de manera absolutamente impersonal, como una cámara de cine captando planos largos, cortos, close–ups, ángulos nesgados... Era rubicundo, de tez casi marmórea, con una imperiosa expresión de niño bueno, y su pasión era el cine, en el cual desde su más remota infancia venía sumergiéndose día tras día. De chico, en compañía de su hermano, gastaba los pocos centavos que conseguía en películas de vaqueros que proyectaba el Victoria. Le era más grato desprenderse de ese dinero ahí que en un parque de diversiones o comprándose una bola de helado. Aquella afición se había ido intensificando con el tiempo y ahora de espectador Saúl quería saltar a realizador. Gracias a los buenos oficios de su hermano quizás lo lograse. Alvaro también estaba allí, pero evidentemente fuera de lugar. No le interesaban para nada ni el Chori ni la música ni los bailadores ni aquel ambiente que él encontraba falso y desprovisto de todo interés. Su mundo era el del pensamiento, el de las ideas, y como una expresión de ambos, la poesía. Y aquí no había nada de eso. Si había accedido a venir era simplemente por estar al lado de Rey y sobre todo del invitado, cuya amistad quería cultivar, oteando la posibilidad de verse publicado en el extranjero. Pero, fiel a su personalidad y a su torpeza para hacer agradables las relaciones humanas, no hacía el menor esfuerzo por proporcionarle una noche placentera, sino, en contrario, sin tener conciencia de ello procuraba estropeársela meticulosamente. Arrogante, despectivo, fumaba su tabaco con desparpajo y no abría la boca sino para burlarse de todo lo que le rodeaba. Fingir el papel de poeta maldito, de niño terrible era un goce al que no podía renunciar en ninguna circunstancia.

La sala se oscureció y los dos reflectores se concentraron en la tarima. Ernesto dio un brinco en su taburete y azotó el muslo de Mirta cuando el Chori pasó a ocupar su puesto en la primera hilera de músicos; organizó sus instrumentos y con un movimiento de cabeza le ordenó a la orquesta que arrancara.

Entonces una lengua inverosímil, pulposa, agrietada en su cara superior y de un indefinible color de arcilla, serpeó por entre las sólidas quijadas del Chori. La enseñó un largo instante, un instante imborrable que ya ninguno de los alelados veedores podría olvidar, y a continuación un trompetilla maciza, como un objeto pesado que se quebrara, como una sucesión de burbujas espesas estallando en cadena, como un fango de albañal crepitando, resonó parejamente con el graznido de la corneta y el repicar de los bongoses.

Por encima de la mesa, con la faz resplandeciente, Ernesto le gritó al escritor extranjero que era el Chori, que *ése* era el Chori.

—¿No me digas? —se burló Alvaro.

—Un descubrimiento digno de Arquímedes —añadió Loredo.

—Dadme una trompetilla y yo os señalaré al Chori —puntualizó Rey.

Pero, en su exaltación, Ernesto había querido decir algo que no fue entendido. Había querido decir que allí estaba un personaje y un músico fabulosos: el personaje que trotaba las calles de La Habana enjalbegándolas con su nombre, el músico que soplando dentro de las botellas, martilleando hierros, percutiendo los fondos de los utensilios de cocina era capaz de transformarlos en instrumentos musicales de una sonoridad sorprendente. Allí estaba el Chori, con su rostro antropoide semejante al del soberbio gorila que se exhibía en el zoológico, con su mirada ausente y todo el torpor que el alcohol o la marihuana ponía en su expresión. Allí estaba esa presencia primitiva y subyugante, degradada e irresistible, como una real imagen de todo lo fascinantemente elemental que subsistía en el ser humano. Era un producto atávico y tremendamente actual al mismo tiempo, una precipitación del lejano ancestro del hombre y de la selva de la noche civilizada. Y ellos, los 'civilizados', sentados racionalmente a las mesas, conservaban y exponían aquel ejemplar como un modo de autoafirmarse, de saberse otros, distintos; pero oscura, secretamente identificados con él. De alguna manera inconfesada y tortuosa se reconocían en él. Iban a contemplarlo con el oculto orgullo de saber reproducidas en él las potencialidades germinales. Toda la fuerza del instinto, de la que ellos carecían, se hacía vida intensa y palpitante en él. Fuerza del instinto que se glorificaba en su música. El remoto artista que había decorado las cuevas de Altamira era el mismo que extraía resonancias enervantes y enfebrecidas a los cristales y metales que golpeaba con el largo clavo que atenazaban sus dedos. El don de la música estaba en él. De ahí que no hablara, que de su boca no brotasen más sonidos que aquellas indecentes trompetillas, como culo de mula pedorreándose, conque a su vez el Chori se burlaba de los que desde el salón lo contemplaban como a una extraña bestia, sabiendo que ellos también eran él, pero no queriendo serlo, negándose a serlo. Era su insulto, su blasfemia, como la música el prodigio de sus dedos y de una cualidad instransferible que estaba dentro de él y únicamente dentro de él.

—Parece un mono del zoológico —deslizó Mirta pegándose al hombro de Rey, algo atemorizada de aquellos ojos diminutos, vidriosos y estáticos, tan improbablemente humanos.

—Parece no. Es un mono —afirmó Rey categóricamente—. Pero no del zoológico, sino de esta selva. No está preso, nadie le ha arrebatado su libertad. Se exhibe ante nosotros porque quiere, no porque nada ni nadie lo obligue.

—El hambre —dijo Alvaro que había escuchado la explicación de Rey, dicha por otra parte en voz alta, como para que todo el mundo la oyera—. Lo obliga el hambre.

—Estás equivocado —devolvió Rey—. El hambre no lo obliga a nada. Si fuera el hambre podría ganarse la vida en otro oficio.

—Es más cómodo ganársela haciendo esos ruidos que poniendo ladrillos o cargando sacos en el muelle.

—¿Ruidos? —se indignó Ernesto—. ¿Para ti esa música fantástica que el Chori le saca a las botellas y sartenes es ruido? ¡De verdad que tienes el oído cuadrado! Y además, demuestras tener muy poca sensibilidad, pero muy poca.

—Una habilidad como otra cualquiera —replicó Alvaro encogiéndose de hombros y pasando por alto la agresión a su persona—. No es para admirarse tanto ni para poner esa cara de babieca que tú pones. El escritor extranjero intervino en parte para evitar lo que se anunciaba como una reyerta verbal entre Alvaro y Ernesto.

—No, amigo —dijo lenta, persuasivamente, colocando una mano en el brazo de Alvaro como para amansarlo—. No soy un experto en música y mucho menos un conocedor profundo de la de ustedes, pero le aseguro que el arte de ese hombre no es una habilidad cualquiera. Al contrario, se trata de algo muy especial, de un don, de una virtud —llámele usted como quiera—con el que la naturaleza lo ha dotado. La música está en ese hombre como en usted puede estar la poesía o en Lam la pintura. Es un músico auténtico, verídico, y yo me atrevería a decir que casi genial. No lo vea como un farsante ni como un payaso, pues lo está juzgando erróneamente.

Alvaro buscó una respuesta, algo que destruyera aquel argumento; pero al no hallarla pretextó encender su tabaco para bajar la cabeza.

—Además —participó Rey nuevamente, queriendo también sentar cátedra—, hay un rasgo de la personalidad del Chori que no se puede olvidar. El sabe que muchos de los que vienen aquí lo hacen para burlarse de él, de sus muecas, de sus trompetillas, de su cara como idiotizada y hasta de que se le ocurra tocar con botellas y sartenes. El lo sabe, no sé si conciente o inconcientemente; pero sabe que es un hazmerreír, parodiando a Shakespeare: un pobre diablo lleno de sonido y furia. Sin embargo, noche a noche se encarama en esa tarima a sacar la lengua, a tirar trompetillas, a 'hacer ruido', como dice Alvaro... Eso para mí es un desafío que nos lanza a la cara a nosotros los que estamos aquí, sentados, tomando, riéndonos, burlándonos de él. En verdad quien se burla es él, quien se ríe es él, y de nosotros, pues nos impone su personalidad, su manera de ser, de tocar, de hacer lo que

147

le da su real gana, demostrándonos además que es un genio de la música.

El párrafo de Rey agotó la conversación transitoriamente, y, transitoriamente también, la posibilidad de que Alvaro ripostara. Un sentimiento de incomodidad o de vacío se infiltró en ellos y para llenarlo se dedicaron a observar y a oír detenidamente al Chori. Contrariamente a lo que Rey había manifestado la mayoría de la clientela del cabaret prestaba poca atención a los aspavientos del Chori y sí un oído escrupuloso a la música. No habían venido a ver su lengua colgante, ni su cara apretada como un puño e ilegible, sino a establecer una comunicación directa con él a través del ritmo prodigioso que creaban sus manos. Habían venido a ser partícipes de una suerte de rito ancestral que tenía lugar no lejos de calles asfaltadas, anuncios lumínicos y el zumbido de vehículos de motor, no en calidad de turistas de un espectáculo grotesco que como tal no les decía nada. Por eso bailaban y tomaban, no como el que se da a un frenesí artificial, sino como ejecutantes de una sobreentendida liturgia. Algo severo, solemne, presidía su comportamiento. De ahí que bailaran —especialmente los hombres— sin grandes contorsiones, más bien con movimientos pausados, rayanos en lo majestuoso. Y las hembras giraban a su alrededor, guiadas por ellos, obedeciéndolos con respetuosa mansedumbre, atentas a sus indicaciones que eran para ellas como órdenes. Y ellos hieráticos, con sus camisas de mangas cortas o sus guayaberas abiertas en el pecho para lucir la blanca camiseta sobre la que fulguraba una medalla de oro, un dije o la relampagueante espada de Santa Bárbara, algunos con sombreros de pajilla encajados como albas coronas en sus cabezas, evidenciando su supremacía y su destreza en un complicado pasillo, moviendo exclusivamente los pies que seguían sin esfuerzo la cadencia de los instrumentos de percusión. Sí, Rey se había equivocado al juzgarlos. Una distancia insalvable separaba a estos legítimos parroquianos de El Chori del adulterado público que por simple curiosidad usurpaba sus mesas.

La orquesta paró, el Chori abandonó el estrado y Loredo se levantó para ir al baño, ampliamente concurrido en ese momento por los que aprovechaban la detención de la música para desaguar la vejiga harta de cerveza. Todos, a excepción de Mirta, bebían igualmente cerveza para estar a tono con el lugar, y de repente Saúl despegó los labios revelando así que no era una esfinge, y, dirigiéndose a su hermano, dijo inclinándose sobre la mesa:

—Me gustaría hacer una película con este ambiente.

—¿Una película? —se interesó Mirta inmediatamente.

—Bueno, no exactamente una película sino... una especie de documental —aclaró el homólogo de la majestad hebrea.

Instantáneamente Mirta perdió todo interés.

—¿Y qué título le pondrías? ¿La Choricera? —se carcajeó Alvaro—. Sería un buen anuncio para la fábrica de chorizos El Miño. Propónselo. A lo mejor te la patrocina.

—¡Qué chiste! —lo taladró Saúl con una sonrisita cortante—. Tú siempre tan simpático...

—A mí me gusta la idea, me parece formidable —lo secundó calurosamente Ernesto.

—Y a ti, Rey, ¿qué te parece? —Saúl se había inclinado aún más, ladeando la silla, para consultar a su hermano. La opinión de él le interesaba más que cualquier otra, pues resultaba decisiva.

—Puede ser un buen tema —dijo Rey incoloramente—. Todo depende de su realización. En el cine no hay temas buenos ni malos sino bien o mal realizados. Ahí tienes a Chaplin; con un argumento tan cursi, tan melodramático como *Luces de la ciudad* fue capaz de hacer un gran film. Y Spencer Tracy, con una obra tan colosal como *El viejo y el mar,* lo que hizo fue un bodrio.

—Yo presencié la filmación en Cojímar, y había que cernirle la arena por donde caminaba para que el niño no se pinchara los pies —informó Loredo levantando la nariz.

—Lo mismo que en el teatro —quiso participar Mirta

149

aportando su experiencia de actriz—. No hay papeles pequeños ni grandes. Todo depende del actor.

—Eso lo dijo Stanislavsky —le recordó Rey.

—Sí, pero es cierto —recalcó Mirta como si la hubieran contradecido.

Saúl no estaba dispuesto a que la conversación se apartase del tema propuesto por él y volvió a la carga.

—Prácticamente ya lo tengo elaborado —dijo con entusiasmo—. Todavía no he escrito el guión, pero lo tengo todo aquí —se indicó la cabeza—. Podría titularse *Noche de sábado* o *La noche* a secas, pues mostraría la forma en que se divierte la gente un sábado por la noche, cuando no tiene que trabajar al día siguiente. Los escenarios serían el embarcadero de Regla, los bares del puerto, una parte del centro de La Habana y la playa de Marianao. No utilizaría actores sino que filmaría a la gente sin que se diera cuenta.

—¿Con una cámara oculta? —preguntó Ernesto.

—Sí. El argumento sería más o menos éste. Es muy simple: un individuo vive en Regla y viene a divertirse a La Habana un sábado por la noche. Se toma una cerveza o un ron en algún bar de la Avenida del Puerto, se da una vuelta por el Prado y luego coge una guagua para venir a la playa de Marianao. Aquí se mete en el Coney Island, se pone a ver bailar a las parejas de Mi Bohío, juega al tiro al blanco y por fin viene aquí, al Chori, donde pasa el resto de la noche. Esta sería la secuencia más larga y la aprovecharía para filmar al Chori: tocando sus botellas, sus sartenes, sacando la lengua y tirándole trompetillas al público, en fin, trataría de captar todo el ambiente que hay aquí. La película terminaría con el individuo regresando a Regla en la lancha que se aleja por la bahía ya casi amaneciendo. ¿Qué les parece?

—Yo lo encuentro muy bueno, pero muy bueno de verdad —exclamó vivamente Ernesto—. Tiene una atmósfera formidable.

—Mi idea —continuó Saúl— es hacer un film auténtico, espontáneo, que refleje la vida del pueblo tal y como es cuando se divierte, no como esos documentales que está haciendo el Instituto del Cine y que no los soporto por lo falsos que son. Quieren presentar a un pueblo que no existe, fabricado. El pueblo cubano es esto, éste que está aquí, el que estamos viendo.

Con un movimiento del brazo derecho en forma de abanico recogió el salón. Alvaro se movió inquieto en su silla.

—Yo no sería tan categórico —dijo con lentitud, tratando de contenerse—. Yo no diría que éste es el pueblo de Cuba. Es una parte de él nada más. No todos vienen a El Chori o a la playa de Marianao en general a divertirse.

—La mayoría lo hace —saltó Ernesto—, a la mayoría de la gente le gusta venir aquí...

—Además —lo interrumpió Saúl relevándolo—, no se trata de que venga o deje de venir, sino de que aquí está su esencia, de que el pueblo cubano es fundamentalmente así como lo estamos viendo ahora. Le gusta tomar, bailar, comerse una frita y pasarse la noche entera fiesteando...

—A cualquier pueblo le gusta divertirse —devolvió Alvaro.

—Pero no como al cubano. El cubano tiene un temperamento especial. Es gritón, bullanguero, amigo del ron y de la rumba...

—Esa es una imagen falsa del cubano —se irritó Alvaro—, la que han venido divulgando en el extranjero para atraer turistas yanquis. Nosotros no somos así.

—Sí somos así —afirmó vigorosamente Saúl—. Si no, ¿qué hace toda esta gente aquí? Y no vas a negarme que es pueblo, puro pueblo...

Alvaro hizo una pausa antes de contestar.

—Quizás esto que estamos viendo —dijo por fin— es un rezago del pasado, lo que todavía el pueblo cubano tiene que superar.

Fue Rey quien ahora le salió al paso a Alvaro.

—¿Y por qué tiene que superar esto? ¿Qué tiene de malo que la gente se divierta?

—Es la forma de divertirse...

—A mí me parece estupenda —lo cortó Mirta.

Alvaro volvió a hacer otra pausa como para recuperar el hilo de su pensamiento. Sabía que lo esperarían, pues estaban interesados en conocer su opinión.

—La revolución tendrá que cambiar ciertas costumbres del pueblo, educarlo... —dijo—. Ustedes no lo ven o no quieren verlo, pero esto lleva a la inconciencia, al embrutecimiento de las masas. Hay que inculcarle al pueblo el sentido de la responsabilidad, de la seriedad; hay que hacerle comprender que estamos construyendo un nuevo país y que con hábitos como el de jalarse y bailar y pensar que todo es una pachanga no vamos a construirlo.

—Estás hablando como un dogmático —lo acusó Saúl.

—Estoy hablando como un revolucionario —le espetó Alvaro.

El escritor extranjero intervino de nuevo para respaldar a Rey y a su hermano. Tampoco él hallaba nada reprochable en que el pueblo se divirtiera como lo estaba haciendo aquí. Ello no estaba reñido con su espíritu revolucionario ni con su sentido de la responsabilidad. Este mismo pueblo que estaban viendo ahora y aquí era el que había hecho la revolución. Y de la misma manera que le gustaba divertirse, tomaría el fusil para defenderla si la viera amenazada. Esa era una de las peculiaridades de la revolución cubana, que era una revolución alegre. Se estaban produciendo transformaciones extraordinarias en Cuba, se estaban echando las bases de una nueva sociedad, pero sin dramatismo, sin que por ello el cubano tuviera que perder su tradicional alegría de vivir. Era una de las cosas que más hacía simpatizar con la revolución en el extranjero. Por primera vez se llevaba a cabo una revolución en medio del júbilo de todo un pueblo.

Finalizó sus palabras con una sonrisa plena de cordialidad, de contagiosa simpatía:

—¿En qué país lo reciben a uno con un trío de cantantes al pie de la escalerilla del avión, como fue recibida mi delegación cuando aterrizamos en el aeropuerto de Rancho Boyeros? Eso sólo es posible aquí, en esta maravillosa revolución. Propongo un brindis por ella.

Sonrientes, complacidos, todos chocaron sus vasos. Sólo Alvaro murmuró apagadamente:

—La revolución apenas está comenzando.

La música se hizo otra vez y otra vez fue el Chori. Sus botellas, sus cacerolas volvieron a percutir y su lengua esponjosa a enseñarse como un tentáculo facial. Sus indecentes trompetillas resonaron de nuevo y de nuevo su faz abotagada, su mirada endrogada fueron el amo absoluto de aquel lugar.

Un mulato joven y fuerte se acercó a la mesa e invitó a Mirta a bailar. Ella miró a Rey, que declinó la cabeza, y aceptó. El mulato la condujo al centro de la pista, donde todos los acompañantes de Mirta pudieran verlos. Desde el primer momento buscó sojuzgarla. Asiéndola por la cintura le impuso su modo de bailar. Conduciéndola, forzando sus movimientos la hacía girar a una velocidad de trompo, dejando que su falda se levantara, la obligaba a cimbrear las caderas, la soltaba para que ella se viera obligada a seguir sus pasos, sus quiebros, sus giros. Ella, desconcertada, con cierta torpeza, lo obedecía. Otras veces la atrapaba y la pegaba contra él, dando vueltas rápidamente en el mismo lugar. Mirta sentía sus músculos presionándola, el sudor de su piel, el vaho cálido que le exhalaba en el cuello. La obligaba a bailar como ningún otro bailarín exigía de su pareja. Claramente procuraba someterla. No se trataba de una provocación sexual sino de demostrar su supremacía racial y varonil. Y ella, Mirta, se doblegaba, aceptaba mansa y humildemente la compulsión. De vez en cuando miraba a la mesa donde estaban los suyos, pero no solicitando auxilio sino como si estuviera en el escenario de un teatro y buscara explorar la reacción del público, pues para ella el baile desenfrenado que su consorte le imponía no constituía una humillación sino una representación más. Formaba parte de una actuación y Mirta tenía una lucidez tan plena de ello como cuando interpretaba un personaje en una obra teatral. Su capacidad histriónica se amoldaba a todos los registros, y de una manera sutil lo estaba probando. En verdad su compañero de baile, sin él saberlo, era un instrumento suyo.

Al terminar la pieza el escritor extranjero le besó las manos y le dijo que había estado soberbia. Entonces Rey le propuso que bailara con ella, pero el invitado le contestó que lo hiciera él primero que hasta ahora no se había movido de su silla y él tenía entendido que todos los cubanos eran unos magníficos bailadores. Rey dijo de entrada que él no era cubano sino escritor, después se declaró ciudadano tailandés y por último confesó que no sabía bailar. Mirta le tendió las manos al huésped y esgrimiendo una sonrisa irrenunciable le pidió que bailara con ella aunque sólo fuese para complacerla. Empujado por algunos brazos y por las voces alentadoras de todos, incluso de parroquianos próximos a la mesa, el escritor extranjero se vio en la pista de baile. Entonces, súbitamente, como si el frenético golpetear del clavo del Chori hubiera despertado en él un escondido demonio, empezó a brincar, a dar los saltos más insólitos, a sacudir la cintura, los brazos, las piernas como si una corriente eléctrica le circulara por el cuerpo impidiéndole estarse quieto un segundo. Desde la mesa todos, sin siquiera exceptuar a Alvaro, reían a carcajadas, le aplaudían, le gritaban para que continuara ejecutando aquellas contorsiones inverosímiles.

Bajo los reflectores que se habían desplazado ahora hacia la pista, sobre él, rodeado de las demás parejas que habían cesado de bailar para hacerle coro, sin dejar se sacudirse un momento, como un endemoniado, como poseído del mal de San Vito, se oyó entonces la voz del escritor extranjero gritando con todos sus pulmones:

—¡Viva Cuba! ¡Viva la revolución con pachanga!

ERA UNA MESA REDONDA, MUY VASTA, de caoba con enchapes de cedro y majagua, barnizada y tan bruñida que parecía un espejo.

En torno a ella, a esa mesa, se sentaron los componentes de *Renovación* a dialogar con el Poeta, en una conversación que mucho les daría qué pensar.

El no parecía del Medio Oriente sino completamente nórdico: alto, de piel muy blanca, pelo claro y ojos azules. Sólo la nariz curvada como una cimitarra y la fuerte mandíbula lo remitían a su origen meridional. De otra parte, sudaba a mares; tanto que para evitar la transpiración se adosaba hojas de periódico en el pecho y en la espalda, como una singular camiseta de papel. Sin embargo, había nacido en el Asia Menor, bajo el ardiente sol mediterráneo, entre olivos y tierra calcinada, y tenía una larga historia de combatiente. Más de diez años en las cárceles de su país, y luego de ser puesto en libertad, el exilio. No obstante, era alegre, de voz tranquila y ademanes serenos; sus labios y sus ojos sonreían siempre. Nada en él mostraba la huella del presidio.

A pesar de su metódica causticidad, de su habitual ironía, de su regusto por la ingeniosidad verbal —su arma preferida en las polémicas y diatribas en que se enfrascaban—, el grupo de *Renovación* lo admitió con respeto, impresionado tal vez más por su historial revolucionario que por su labor literaria. El habló menos de sí mismo —en verdad casi nada, apenas unos recuerdos o referencias a sus trabajos para sustanciar alguna idea— y más de ellos, y muchísimo más de la revolución. Esta vez los de *Renovación* no fueron interrogadores sino los interrogados.

La pregunta inicial sentó de lleno las bases del diálogo: ¿cómo pensaban ellos ayudar a la revolución? Carlos, un narrador de rostro y apellido netamente ingleses, cuya timidez al hablar le enrojecía y caldeaba las orejas, trabándole la lengua, respondió que el escritor era un testigo que iba poniendo en su obra lo que veía y lo que pensaba de eso, y así contribuía al desarrollo histórico de su país. 'También haciendo buena literatura se ayuda a la revolución', agregó como colofón. De hecho Alvaro lo rebatió cuando dijo que el escritor debía ser parte activa de la revolución. 'Si refleja solamente lo que ve —puntualizó— nada más que presta una ayuda a medias.' Explícitamente Enrique, también narrador, que había dejado los Estados Unidos y el trabajo periodístico que allí realizaba para volver a Cuba y ponerse al lado de la revolución, confesó que no tenía una idea definida sobre la función que la literatura debía ejercer en la revolución. Aclaró que no se trataba de un concepto general, sino de una situación muy personal, de su propio caso. Un tercer prosista, con el mapa de España en la cara pero admirador atolondrado de Miller, le socorrió exponiendo que la revolución creaba una lucha terrible en el escritor entre su pasado, su presente y lo que él pensaba que habría de ser el futuro. El, personalmente también, no había encontrado la solución para ese dilema. El próximo en hablar, Eugenio, fue más concluyente aún: declaró que el conflicto de los escritores cubanos —se arrepintió enseguida de la generalización y remitió el problema a sí mismo— estribaba en que querían ayudar a la revolución —literariamente, se entendía— y no habían hallado la manera de hacerlo. El no veía elementos dramáticos en el estado actual de Cuba y toda creación, a su juicio, era el resultado de una lucha, de un conflicto.

Entonces el Poeta intervino. Quiso ser benévolo y dijo que los comprendía muy bien, que se daba cuenta de lo que les sucedía. Contó después la historia de Essenin como para fijar un paralelismo. Refirió que el poeta ruso había escrito: 'Yo puedo darlo todo a la revolución, salvo mi poesía.' A pesar de eso, continuó, había escrito poemas muy buenos sobre algunos mártires de la revolución, sobre veintiséis comisarios fusilados por los ingleses en Bakú. Pero el conflicto o la tragedia que había en él aumentó su bohemia; bebía enormemente y un día se mató. Sonriendo, con un guiño de ironía, bromeó diciendo que él esperaba que ninguno de ellos fuera a matarse. Esa no era la solución. Como tampoco lo era vivir en un perpetuo exilio interior. Pues se podía vivir en un país y ser un emigrado de éste. Era necesario tratar de resolver ese conflicto, esa tragedia. Pero no dijo cómo, no señaló ninguna solución.

Ovidio propuso un símil circense: afirmó que había que domar a la revolución como se domaba a una fiera: entonces se le perdía el miedo y se podían expresar todos los temas. El Poeta le dio la razón, pero invirtiendo los términos: efectivamente, si se está contra la revolución, la revolución lo doma a uno de diferentes formas. Alberto, exactamente el que había comenzado la polémica contra la generación de *Inicios,* el que había querido situar las cosas en su lugar poniéndolos a ellos en su sitio, dio fe de una sorprendente firmeza: 'Yo creo —dijo engolando hermosamente la voz— que la revolución nos ha planteado una gran responsabilidad. Algunos han hablado aquí de miedo cuando se han referido a las grandes exigencias de esa responsabilidad. Y creo que tienen razón, porque en el pasado no éramos nada como escritores. Esta es la primera vez que nuestra generación está participando no solamente en una revolución, lo cual es serio, sino en la vida cultural de nuestro país. Claro que nuestra responsabilidad creadora es extraordinaria. Pero mentiría si dijera que estas circunstancias me intimidan. yo no encuentro dificultades actualmente en mi trabajo, porque ésta es la primera vez que puedo contemplar el pasado y el presente de mi país con una perspectiva muy clara. La revolución me ha dado esta seguridad.' Las tazas de café que se distribuyeron y los tabacos y cigarros que se encendieron, fueron como una suerte de sahumerio antillano ritualizando la un tanto desordenada apreciación de Cortina de la historia de Cuba. Para él, de todas las ramas en que se dividía la cultura, la más importante era la historiografía. A ella y no a la literatura ni a la pintura ni a la música había apelado la burguesía para validar su hegemonía. Se hablaba de una revolución burguesa en el período colonial cubano, la guerra de 1868. Pero, se preguntaba él, ¿cómo podía ser burguesa una revolución hecha en una sociedad esclavista? Además, había también mucha confusión en lo referente a los intelectuales de la época colonial española (quiso decir cubana). Se mencionaba siempre a esos escritores y a esos intelectuales como si fueran —los revivió utilizando el verbo en presente— revolucionarios. Y la verdad era que, en general, todos los intelectuales de la época esclavista habían sido esclavistas. Pedro Luis, con timbre y gestos patriarcales, refutó esquinadamente a Cortina afirmando que los artistas debían utilizar toda la cultura y los conocimientos adquiridos en una vieja sociedad —vieja ahora y para nosotros, pero que estaba muy cercana en el tiempo— y con esos elementos hacer la poesía que le comunicara al pueblo la transformación que se operaba en la historia. Alvaro modificó la tesis añadiendo que sí, que estaba bien utilizar toda la tradición, pero siempre que ésta no impidiera avanzar, no impidiera al artista ser revolucionario. Cortina no pudo contenerse, aquello era más de lo que su paciencia podía soportar: '¡Pero qué tradición! —estalló—. En Cuba se habla siempre de tomar la tradición. ¿Qué tradición? ¿La de Saco, la de Agustín Caballero? ¡Pero si esos escritores eran reaccionarios, no eran artistas, eran enemigos del pueblo!' Nadie recogió el brulote. Dejaron que Cortina triturara la punta de su tabaco con dentelladas iguales a las que habían destripado a Saco y a Caballero. En cambio Alonso, atildado como un daguerrotipo, con su bigotito trazado a pincel, su camisa de mangas cortas espejeante de almidón y su contagiosa sonrisa, retomó un argumento ya empleado: 'Pienso —dijo— que el dilema esencial de nosotros los creadores, y especialmente de los escritores, es que la vida que conocemos, la que nos nutre y sobre la cual hemos reflexionado, es precisamente la de la sociedad anterior a la revolución.' Alvaro lo asaltó con la misma agresividad que Cortina se había desfogado contra el patriciado criollo. 'Tú hablas del caso tuyo, ¿no es así?', lo apostrofó más que preguntarle. 'No, yo me refiero al escritor en conjunto, al narrador, al poeta...' No había perdido la ecuanimidad, pero por un instante el color blanco de su camisa pareció trasladarse a su rostro. Alvaro volvió a fustigarlo: '¿Y por qué no puede un escritor trabajar con materiales de la revolución?' Alonso sintió que la pregunta le permitía pisar suelo firme. Era evidente que había meditado en lo que se le exigía, y lejos de acorralarlo Alvaro, sin saberlo, le daba ahora la ocasión de exponer su pensamiento: 'Porque no hay duda de que la revolución produce en nosotros un impacto; pero se trata, ante todo, de un impacto ético y social. Aspiramos a igualarla en el orden artístico, a situarnos a su altura. Pero aún no podemos emplear las transformaciones que ha introducido en la sociedad como elementos de creación, críticos. No son hechos realizados plenamente, consumados ya, sino en constante modificación. En suma, no es una realidad sobre la cual el artista pueda trabajar con seguridad, que le permita utilizarla como material para su creación. Yo no estoy muy convencido de que una época en constante transformación pueda otorgarle al creador ese mínimo de estabilidad que se necesita para enfrentar la realidad con cierto distanciamiento, con objetividad, con esa fusión de entrega y lucidez que es requisito indispensable en toda obra artística. Al menos, tengo esa duda.' Nadie intentó clarificársela. En cambio Ovidio, con las piernas enroscadas, la cara oprimida entre el pulgar y el índice de su mano derecha, como para controlar la tirantez, el enervamiento o la inquietud que le causaba toda confrontación pública, tan incompatible con su personalidad de molusco, que sólo se sentía a sus anchas en conciliábulos de amistades íntimas, buscó poner en aprietos al Poeta con una pregunta cuya respuesta sería para ellos altamente reveladora: '¿Considera usted que el realismo socialista es una fórmula que se puede aplicar a la literatura cubana?' Era una cuestión largamente debatida. La mayoría, si es que no la totalidad, de los integrantes de *Renovación* eran enemigos declarados de la definición propuesta por Gorki para caracterizar a la nueva literatura en la Unión Soviética. La habían repudiado, la habían satirizado —privada y públicamente— y su sola mención les producía un escozor insoportable. Ahora él, el Poeta, debía encarar el espinoso tema. Era un modo de definirlo, de calibrarlo, de llevar a la balanza su prestigio intelectual. Astutamente el interrogado comenzó devolviéndole a Ovidio la pregunta: ¿Qué pensaba él del realismo socialista? Ovidio evitó una respuesta personal declarando que todos allí tenían ya hecha su opinión sobre el realismo socialista y que por tanto preferían conocer la suya. Se definió él, enseguida, diciendo que a su juicio el realismo socialista no era una cuestión de forma sino de contenido. Esto es, lo veía como una actitud del creador hacia el arte y hacia la vida. Citó a Martí. 'Cuando yo leí lo que escribió sobre literatura —dijo—, pensé que era un exponente, un teórico del realismo socialista.' Hubo más de una reacción de perplejidad. El prosiguió: '¿Qué quiere Martí de la literatura? Quiere que refleje la realidad, pero no sólo que la refleje sino que tenga influencia sobre ella, que tome parte activa en la vida social. Yo debo decir que esa concepción del arte es una concepción realista–socialista.' Quizás estaban en desacuerdo con él, pero si lo estaban se lo callaron, ya bien por lo sorprendente de aquella interpretación del pensamiento martiano, ya bien porque no querían polemizar con el visitante. El siguiente paso del Poeta fue más definitivo aún. Declaró meridianamente: 'Yo creo que desde ese punto de vista el realismo socialista es aplicable a la realidad cubana.' Y como si midiera la posibilidad de que alguno de los presentes estuviera en el caso teórico que iba a ilustrar, añadió cautelosamente, más bien tratando de prevenir que de acusar: 'Hay medios de evasión, claro está. Por ejemplo, no se está contra la revolución, pero se está de acuerdo con ella en general, no se está comprometido hasta el fondo. Se va a tener una posición generosa, honesta... Pero no se hará nada para que la conciencia del pueblo se desarrolle, para que pueda construir su felicidad más rápidamente. Es una posición de torre de marfil sea como sea.' No mucho tiempo después oirían casi esas mismas palabras —posición 'honesta', 'generosa'—, pero en circunstancias mucho más críticas y en boca de alguien que no ejercía la poesía sino el poder. Y entonces, con más razón que ahora, tuvieron que guardar silencio, no pudieron, o no se atrevieron, a replicar. La intervención de Israel fue un alivio. Inocentemente, con incuestionable sana intención, hizo una pregunta que habría sido ridícula de no estar avalada por la genuina preocupación del formulante. Israel preguntó: '¿Cómo se puede, estando a noventa millas del imperialismo yanqui, ayudar al desarrollo de la conciencia del pueblo y al mismo tiempo crear obras de verdadera calidad, que tengan, como las de Cervantes, por ejemplo, valores eternos, universales?' El Poeta no pudo evitar una sonrisa. Pero la apagó enseguida. No cabía ahora la ironía, comprendió. Y dijo hablando con esa voz suave, persuasiva, que no perseguía los giros brillantes ni era enfática, pero que de todas maneras buscaba imponerse: 'Cervantes fue, si se quiere, el escritor más comprometido, más revolucionrio de su tiempo; por eso encontró, como usted dice, los valores eternos.' Tampoco hubo ironía en la frase que le siguió; pero lejos de sosegarla, incrementó la intranquilidad que ya flotaba en el ambiente. 'Yo no sé quiénes serán los inmortales —continuó—, pero les aseguro que entre ustedes hay ya inmortales... Ustedes están obligados a hacer la literatura clásica de la revolución cubana. Está sobre la espaldas de ustedes.' No fue un halago ni una burla, sino un llamado muy preciso a una filiación.

Fabio había estado en la reunión con el Poeta, pero como un convidado de piedra. No había despegado los labios, limitándose a tomar buena nota de lo que allí se decía. Ahora estaba en la biblioteca de su casa, una biblioteca de libros que tapiaban las cuatro paredes y rasaban el techo. La había ido acumulando, a lo largo de los años, su padre, un viejo profesor de historia. Fabio repasaba mentalmente lo que le había oído decir al Poeta. No, decididamente no le gustaba. Todos los términos en que se había expresado le resultaban altamente sospechosos. El se había referido a la creatividad de una literatura clásica de la revolución, pero en la práctica eso equivalía a la aceptación de directrices que conducirían inevitablemente a la aplicación de las fórmulas del realismo socialista. Nadie se había atrevido a rebatirlo en la reunión, pero él sabía que casi todos estaban en desacuerdo con sus criterios. Había que responderle de algún modo. No podía ser directamente porque se trataba de una figura de renombre mundial y además era un invitado del Gobierno. Pero de una forma disimulada le haría saber su opinión. Compondría un artículo para la revista que Rey no se negaría a publicarle. El hablaría por todos los que habían callado.

Fue hasta el escritorio, se sentó ante la máquina de escribir y empezó a teclear velozmente:

'Es fácil ver cómo se ha ido creando una especie de preceptiva o moral revolucionaria, que puede ser lo más dañino para la literatura y quizás para la misma revolución. Hoy en día nuestros escritores gimen bajo el peso de una serie de obligaciones insoportables para sus espaldas. Se habla mucho de un arte comprometido o de que el escritor debe reflejar en su obra la vida del pueblo. Se habla también de que hay que crear la literatura (¿clásica?) de la revolución, y muy especialmente de que hay que escribir la novela de la revolución. Vamos a ser sinceros. Nuestros novelistas (¿cuáles?) estaban a cien leguas del proceso revolucionario. Nunca les interesó la lucha que se libraba en las montañas ni las acciones clandestinas que tenían lugar en las ciudades. Bañados en un Jordán milagroso, tampoco se interesaban por el pueblo. Sólo se preocupaban por sí mismos y de lo que se publicaba en los Estados Unidos o en Francia. Realmente, una novela escrita por un escritor cubano sobre la revolución, sería la historia de un individuo que nunca tuvo fe en el proceso revolucionario.'

En el campo de la cultura comenzaba a advertirse una sorda tensión. No afloraba a la superficie, se deslizaba oscura, soterradamente; pero lo cierto era que crecía de día en día. A la larga terminaría haciendo crisis. Y la hizo. Fue provocada o precipitada por la película que el hermano de Rey concibiera en El Chori. Con sus propios medios Saúl y otro cineasta la habían realizado; pero apenas se proyectó en un cine de la capital, fue mandada a retirar y se prohibió su exhibición. Cuando Rey lo supo convocó a una reunión de los redactores de *Renovación*. Al cabo de una larga discusión decidieron escribir una carta abierta que, firmada por ellos y por un crecido número de colaboradores de la revista, fue dirigida al organismo superior de cultura del país protestando de la suspensión. Se acusaba a la medida de arbitraria, dictatorial, atentatoria contra la libertad de creación y los principios de la Revolución, y se exigía una explicación del hecho así como la pública presentación del filme.

Saúl fue mandado a llamar por uno de los responsables de la institución oficial que había decidido el retiro de la película y una confrontación personal entre ellos —que en verdad no era personal sino representativa de dos puntos de vista, de dos criterios estéticos y políticos opuestos— tuvo lugar.

—La decisión de no permitir la proyección de *La noche* en las salas de cine fue tomada debido a que después de un análisis cuidadoso de la película se llegó a la conclusión de que era objetivamente negativa, contraproducente —hablaba en forma impersonal y utilizando el plural como para hacerle ver a Saúl que no se trataba de una resolución individual, ni siquiera del organismo que él representaba, sino que atañía a la política cultural del gobierno en general.

—De modo que para ustedes mi película es negativa, contraproducente...

—Sí. Esa es la opinión que hay sobre ella.

Era pequeño, menudo, de voz pausada que en ocasiones no rebasaba el murmullo. Tenía los brazos asentados encima del escritorio, sus dedos jugueteaban con un bolígrafo y apenas levantaba la vista para mirar a su interlocutor. Daba la impresión de un ser frágil y tímido. Mas aquella impresión era engañosa, pues detrás de su aparente timidez se escondía una voluntad de acero y una adhesión inquebrantable a los lineamientos gubernamentales.

—¿Por qué?

—¿Cómo?

—Que por qué según ustedes mi película es negativa.

Imperceptiblemente los dedos del funcionario se cerraron sobre el bolígrafo.

—Bien, porque lejos de reflejar el modo de conducirse de hoy de nuestro pueblo pone el énfasis en lacras que se corresponden abiertamente con la sociedad del pasado.

Una sonrisa irónica vagó por los labios de Saúl.

—¿Qué lacras? ¿Podría usted decírmelas? Francamente, me gustaría saber cuáles son...

—Saltan a la vista... El tema que trata, todo el ambiente que recoge... Es un ambiente sórdido, repulsivo... ¿Que se ve en la película? Gente emborrachándose, yendo de un cabaretucho en otro, bailando casi obscenamente, músicos que parecen endrogados... Sinceramente, ¿cree usted que así se comporta nuestro pueblo, un pueblo que está haciendo la revolución?

Saúl ripostó en un tono neutro:

—En primer lugar, usted exagera. Mi película no tiene ni remotamente esos tintes sombríos. Recoge un determinado ambiente y nada más. En segundo, mucha gente se divierte de esa manera. Le gusta ir a la playa de Marianao a tomar, a bailar, a oír música... Yo no he inventado ese ambiente.

Está ahí, existe, y si usted no lo conoce yo puedo llevarlo cuando quiera para que lo vea con sus propios ojos.

Fue ahora el funcionario quien esbozó una sonrisa.

—Se ve que lo conoce muy bien...

Saúl replicó altanero:

—Perfectamente, como la palma de mi mano. Lo he visitado decenas de veces. Y antes de hacer mi película lo observé muy detenidamente porque quería que fuera una película auténtica.

—Lástima que esa capacidad de observación no la haya aplicado a un medio más sano, más positivo...

—Me interesó ése. Y yo no lo encuentro nada de sórdido ni de repulsivo. Por el contrario, es muy alegre y verídico. El pueblo se manifiesta ahí tal como es, sin que nada lo cohíba. Los trabajadores cubanos no van al Tropicana ni al Capri, sino a la playa de Marianao.

—No todos.

—¿Cómo...?

—Que no todos nuestros obreros van a la playa de Marianao ni se divierten en la forma que usted muestra en su película —si es que a eso se le puede llamar diversión. Es cierta parte de la población nada más, minoritaria, de hecho insignificante. Y usted no tiene derecho a confundir a nuestro pueblo con el lumpen que acude a esos lugares. La mayoría de nuestro pueblo no se *divierte* así.

Saúl cruzó los brazos en el pecho algo teatralmente y miró retadoramente a su contrario.

—Y el hecho de que la mayoría de nuestro pueblo no se divierta así, ¿es una razón para que no se pueda tratar ese tema? Tampoco la mayoría de nuestro pueblo va al teatro y yo estoy seguro de que usted no vetaría una película que tratara sobre nuestras funciones teatrales.

—Es distinto.

—¿Por qué distinto? Las dos son actividades minoritarias...

—Pero es que una función teatral ayuda a elevar el nivel cultural del pueblo en tanto que el ambiente que usted retrata lo denigra.

Saúl parodió lentamente:

—De modo que lo denigra.

Un sí categórico fue la respuesta. Saúl aguardó un momento y luego inquirió:

—¿Usted nunca se ha emborrachado? ¿Nunca baila?

El funcionario se enderezó en su asiento. Miró irritado a Saúl y respondió secamente:

—Ese es un asunto personal que no tiene nada que ver con lo que estamos discutiendo aquí...

Saúl cabalgó sobre sus palabras:

—Sí, por supuesto que lo ha hecho. A menos que sea usted un caso de virtud inconcebible con seguridad que alguna vez se ha emborrachado, ha ido a tomar y a bailar a un cabaret. Pero, naturalmente, ha sido en algún lugar distinguido, no en ningún cabaretucho de mala muerte como los que hay en la playa de Marianao...

Era claro que Saúl buscaba incomodar a su contrincante, sacarlo de sus casillas. Pero no lo consiguió.

—Cuando me emborracho —respondió éste con parsimonia— no se me ocurre autofilmarme ni tampoco me gustaría que nadie hiciera una película sobre mí en ese estado.

—Sin embargo, ¿prohibiría un film que tratara sobre nuestros centros de diversión nocturna... *de categoría*, sobre el Tropicana, por ejemplo?

El funcionario se encogió de hombros.

—Personalmente no me interesa un film de esa naturaleza...

—¿Pero lo prohibiría?

—Depende de como estuviera realizado. Si su intención fuera estética, o aun propagandística, no tendría que hacerle ninguna objeción; pero si se regodeara en lo más primitivo del hombre, si presentara a gente borracha o endrogada por el mero gusto de presentarla así... no sería partidario de que se exhibiera en ninguna de nuestras pantallas. Ese es el caso de su película.

Saúl contestó bruscamente:

—¡Eso no es cierto! Ni remotamente mi película se regodea en lo más primitivo del hombre, como usted dice. No hay nada de eso en ella. Yo hice un film simplemente objetivo.

—Su película es tendenciosa y parcializada.

—No es verdad...

El funcionario no lo dejó concluir. Ya en un franco careo continuó hablando sin interrupción:

—Si usted la hubiera hecho para criticar el ambiente que retrata, para llevar a la conciencia de los espectadores que es un medio corrompido, una lacra del pasado que hay que eliminar... Pero no, la hizo casi con el propósito de exaltarlo.

—Yo no exalto ni critico ese medio. Simplemente lo recojo.

—¿Por qué no lo critica? ¿Es que está usted de acuerdo con él?

—No es que yo esté de acuerdo con él o deje de estarlo, sino que ésa no es mi función como artista.

Una ligera mueca de sorna alteró la faz del funcionario.

—¿Ah, no? ¿Y cuál es entonces su función como artista?

—Ser honesto conmigo mismo y con mi obra, limitarme a presentar la vida con veracidad, con la mayor exactitud posible, pero sin intervenir directamente en ella con opiniones, sin calificarla.

—¿Nada más?

—Nada más. La obra de arte es autónoma y debe hablar por sí misma. Cualquier conclusión que se quiera sacar debe desprenderse de ella, no ser impuesta por el autor. Mi labor consistía sencillamente en retratar una zona de diversión humilde, pero rica para mí en posibilidades artísticas, adonde nuestro pueblo —o una parte de nuestro pueblo si usted quiere—acostumbra a ir a pasar un rato. No tenía por qué plantearme su crítica como objetivo, como propósito. Yo no parto de una tesis sino de una imagen artística.

El funcionario se echó hacia delante y volvió a colocar los brazos en el escritorio.

—¿Y usted, personalmente, no tiene ninguna opinión sobre ese lugar?

—¿Qué clase de opinión?

—No sé... el juicio que le merece.

Saúl no dudó en su respuesta:

—Ninguno. En ese sentido no tengo opinión sobre él. Es un sitio de diversión como otro cualquiera.

—¿No es criticable?

Saúl movió la cabeza en forma negativa.

—No para mí por lo menos...

El funcionario esperó un instante. Comenzó a hablar con la vista baja:

—Usted empleó la palabra humilde, dijo que es una zona de diversión humilde adonde una parte de nuestro pueblo acostumbra a ir a pasar un rato...

—Sí.

El funcionario alzó ahora los ojos y miró rectamente a Saúl. Hasta cierto punto se desempeñaba ahora como un juez. Quizás por ello su voz cobró un acento áspero, casi acusador.

—¿Y no se le ha ocurrido pensar que la humildad de ese lugar es falsa, o mejor dicho, es producto de una injusticia? ¿No se le ha ocurrido pensar que todos esos cabaretuchos son un resultado del capitalismo, de la desigualdad económica y social que imperaba en nuestro país? Nuestro pueblo fue arrinconado por la burguesía para que se divirtiera en esos lugares. De la misma forma que lo obligó a vivir en solares, en cuarterías, lo obligó también a divertirse en tugurios como los que existen en la playa de Marianao.

Saúl reflexionó unos segundos.

—Es posible —dijo—, puede que usted tenga razón. Pero a pesar de eso el pueblo creó allí una vida rica, impuso sus gustos, su modo de divertirse... Eso es lo que yo he tratado de mostrar o de decir en mi película. Me interesa más lo que es, no por qué lo es.

El funcionario hizo rotar el bolígrafo que tenía en las manos.

—Una vida rica... —repitió, para agregar enseguida: ¿Usted cree que si a esas personas que van allí se les diera la oportunidad de ir al Tropicana, no lo cambiarían por El Chori?

Los labios de Saúl se torcieron en un pliegue de indiferencia.

—No sé, no puedo responder por ellos. Personalmente, yo puedo ir al Tropicana y sin embargo prefiero oír tocar al Chori. Me atrae más y me parece más artístico que las coristas de Tropicana meneando las caderas.

Al funcionario no le importó mostrarse despectivo.

—Naturalmente, no es el gusto suyo el que importa sino el de ellos. Y yo estoy seguro que ellos no comparten su preferencia...

—Es es una afirmación muy subjetiva —lo interrumpió Saúl con un asomo de burla.

Sin hacer caso de sus palabras, como si no las hubiera oído, el funcionario prosiguió:

—El tiempo lo dirá, porque llegará un día —y no está muy lejos— en que el pueblo podrá escoger entre el Tropicana y la playa de Marianao. Ya verá cómo desertan de su Chori. Dentro de muy poco sitios como ése no existirán más.

—Lo lamentaré.

—Porque usted va al Chori con un espíritu esnobista. Va allí buscando un ambiente exótico. Una actitud típicamente intelectualoide.

—Esa será su opinión...

—Y ése es el espíritu que se trasluce en la película: el de un esnobista, el de una persona que utiliza un ambiente lamentable para hacer una obra supuestamente auténtica.

—Supuesta no, verídicamente.

—Si para usted la miseria es autenticidad...

—Puede serlo. El hecho de que un medio ambiente sea miserable no excluye su autenticidad.

—Yo no hablaba exclusivamente de miseria física, sino también moral.

—El resultado es el mismo.

—¿Cuál...?

—Que física o moral la miseria puede ser auténtica.

—¿Y no se debe explicar las causas de esa miseria? ¿Qué es más importante, lo que usted llama autenticidad o denunciar las causas de la miseria, tanto física como moral?

—No es labor mía. Yo soy un cineasta, no un político.

—¿Y no es también un ser humano?

—¿Qué quiere decir con eso?

—¿Que si como ser humano —y como revolucionario, si lo fuese— no está también en el deber de asumir una actitud frente a ese medio?

—Sí, pero desde mi posición de artista.

—¿Y cómo se manifiesta esa actitud... desde su posición de artista?

—Siendo fiel al medio que intento recrear.

—Su único compromiso es con el arte, ¿no?

—En el momento en que estoy creando, sí. No puedo tomar otro punto de mira. Si no, estaría siendo falso conmigo mismo. Ya se lo dije, la obra de arte es autónoma y debe expresarse por ella misma.

—¿Y qué expresa la suya?

Saúl contestó un tanto irritado:

—¿Por qué no deja que sea el público el que conteste a esa pregunta? ¿Por qué no deja que la película se proyecte y sean los espectadores los que decidan sobre ella? Usted y yo tenemos puntos de vista diferentes...

—Porque nosotros tenemos el deber de velar por lo que se le da al pueblo. El cine es un arte de masas y no podemos permitir que se exhiba una película francamente antirrevolucionaria como es la suya. Es deber nuestro impedirlo.

Un golpe de sangre hizo arder las mejillas de Saúl. Respondió casi gritando:

—¡Mi película no es contrarrevolucionaria!

El funcionario se mantuvo impávido.

—Fíjese que yo no he usado la palabra contrarrevolucionaria, sino antirrevolucionaria. Son dos palabras distintas...

—Para mí son iguales. No entiendo de esas sutilezas. Pero

contra o antirrevolucionaria, no admito ese criterio sobre mi película.

—Usted no lo admitirá, pero es así. Una película que se desarrolla en un medio como el que usted escogió y no lo hace con una perspectiva crítica no puede ser menos que antirrevolucionaria.

Un suspiro de irritación se escapó del pecho de Saúl.

—¡Cómo quiere que le diga que no estaba dentro de mis funciones criticar ni elogiar ese ambiente, ni tomar partido alguno? Yo debía, tenía que limitarme a filmarlo, a mostrarlo. Esa era mi obligación como realizador. Lo demás, es decir, la conclusión que se quiera extraer de él no es asunto mío.

—¿Quiere decir que para usted el artista no realiza su obra buscando determinado objetivo?

La reflexión a que lo obligó la pregunta del funcionario hizo que Saúl se serenara. Dijo como si se respondiera a sí mismo:

—Creo que no. En todo caso, yo busco la vida. me impresiona algún aspecto de ella y trato de reproducirla, mejor dicho, de recrearla artísticamente. Eso es todo.

—¿Sin adoptar un criterio, una posición ante ese aspecto de la vida que le ha impresionado?

Saúl hizo otra pausa.

—No me he detenido a pensar en ello —dijo luego—, pero... creo en la intuición artística, en su espontaneidad. Me parece que ningún artista hace su obra con un objetivo preconcebido. Nadie escribe, pinta o filma para demostrar nada. Por lo menos ése no puede ser su objetivo primordial. Es difícil de explicar. La creación artística es un mundo complejo...

—Yo diría todo lo contrario. Se escribe, se pinta o se filma para demostrar algo.

—La obra en sí misma.

—No, algo más. Una obra en sí misma, como usted la llama, no es nada; es más, no existe.

—Sí existe. Y es lo más importante para el creador...

El funcionario lo miró fijamente otra vez.

—Usted está defendiendo algo así como la irresponsabilidad del arte, ¿no es eso?

—Yo no estoy defendiendo nada. Sólo trato de explicar los mecanismos de la creación artística.

—Olvidando el más importante de ellos.

Saúl arqueó las cejas sinceramente interesado.

—¿Cuál?

—La posición que el artista adopta en su obra frente a la realidad. Quiéralo o no esa posición existe y es determinante. La pretendida objetividad o imparcialidad del arte es una falacia. Usted mismo, en su película, ha adoptado una posición.

Automáticamente Saúl se llevó una mano al pecho en ademán de sorpresa.

—¿Yo...?

—Sí, y estoy hablando en términos ideológicos, políticos. Al no rechazar el ambiente que refleja, implícitamente lo está aceptando, aun defendiendo. Tal vez inconcientemente, pero de su película se desprende que usted es partidario de que ese ambiente continúe, de que esas costumbres y esos lugares que muestra su película se mantengan.

Al cabo de un silencio, Saúl asintió:

—Es posible. En realidad no tengo nada contra él...   .

Saúl pasó por alto el resplandor que vio brillar en las pupilas del funcionario. Continuó, lento, inseguro:

—Desde luego, no estaría en contra de que lugares como El Chori fueran sustituidos por otros, digamos, más bonitos... Aunque, no sé, pero pienso que perderían su encanto... Y dudo mucho que un músico como el Chori pueda producirse en un cabaret elegante. Hay una relación muy estrecha entre el espíritu de ese cabaretucho, su arte y él. El lo expresa, de un modo primitivo, hasta brutal si se quiere; pero expresa toda su circunstancia. Está en su sangre... como el jazz en la de los negros discriminados del sur de los Estados Unidos.

El otro no le quitaba los ojos de encima.

—Y para que se produzcan músicos como el Chori, ¿usted es partidario de que sigan existiendo tugurios como ese en que él toca?

—No sé. No sabría qué responder...

Hablaba vacilantemente, como haciendo un esfuerzo. Iba a seguir, pero el otro no lo dejó.

—Por ese camino, también sería partidario de que la discriminación racial continuara en los Estados Unidos con tal de que el jazz no desapareciera.

—No, no... Eso no...

El funcionario aprovechó el desconcierto de Saúl para hostigarlo.

—Escúcheme: usted parece no darse cuenta del tiempo en que vivimos, de que en Cuba está teniendo lugar una revolución, y una revolución social. Para usted la miseria es pintoresca y con tal de que el pintoresquismo no desaparezca, pues que subsista la miseria.

Saúl se repuso. Contestó con firmeza:

—Yo no he dicho eso.

—Es lo que de hecho está proponiendo. Pero no se hizo una revolución para exaltar la miseria sino para barrerla. Aunque con ella haya que barrer a todos los Choris habidos y por haber. A la revolución no le importa eso. A la revolución lo que le importa es educar al pueblo, elevar su nivel de vida material y espiritual...

—Y yo estoy de acuerdo con eso. Yo ni remotamente puedo ser partidario de la miseria como modo de vida. La conozco muy bien. Soy de familia pobre, y en mi casa hemos pasado hambre.

Una ligera, casi imperceptible sonrisa alargó los labios del funcionario.

—Pues su hermano parece haberlo olvidado.

Las cejas de Saúl volvieron a contraerse involuntariamente.

—¿Por qué?

—Porque no hace mucho, apenas unos días, dijo en una reunión que si para que los indios en América se pudieran poner zapatos teníamos que llegar a esto, que siguieran descalzos.

El mismo golpe de sangre que ya había experimentado antes encendió otra vez el rostro de Saúl. El funcionario siguió hablando:

—Y usted lo oyó, usted escuchó esas palabras, porque usted estaba en la reunión.

Saúl se revolvió intranquilo, preocupado. Se suponía que era una reunión de los redactores de la revista, un grupo pequeño, de confianza... Sin embargo, el funcionario *sabía* lo que se había hablado en ella. Replicó intentando reponerse, pero claramente todavía desconcertado:

—No quiso decir eso... Se refería a otra cosa...

—¿Ah, sí? ¿A qué?

Haciendo un esfuerzo, Saúl alzó la cabeza para sostener la mirada de su contrario.

—Al dogmatismo que empieza a manifestarse en algunas instituciones oficiales de cultura...

Provocativa, retadoramente el funcionario adelantó el torso hacia él.

—¿Por qué no dice abiertamente a la política cultural del gobierno, de la revolución? Sabemos que ustedes la consideran dogmática y a nosotros estalinistas.

Saúl no respondió.

—Pero si ser revolucionario, si estar contra la miseria, si luchar por el mejoramiento del pueblo, en todos los órdenes, es ser dogmático, estalinista, pues sí, lo somos, y nos sentimos orgullosos de serlo.

La palabra fanatismo estuvo en la punta de la lengua de Saúl. Pero se la calló para evitar una agria disputa teórica. Sólo dijo:

—Yo también soy revolucionario, si ser revolucionario es querer que la gente sea feliz.

—¿De veras? Pues tiene una manera muy especial de demostrarlo.

174

—¿Por qué?

—Porque si de verdad fuera revolucionario, en vez de hacer una película como *La noche* podría haber hecho otra sobre la reforma agraria, las playas populares... Entonces hubiera podido titularla *El día*... el día luminoso de la revolución.

Saúl demoró su réplica.

—Tengo entendido —deslizó— que el Instituto del Cine ya ha filmado algunos documentales con esos temas.

—Y naturalmente, la opinión que tiene de ellos no es muy buena...

—No son de mi agrado.

—¿Qué juicio le merecen?

—Para mí son pura propaganda... panfletos...

El funcionario se pasó la mano por la barba.

—Así que pura propaganda, panfletos...

—Usted me preguntó mi opinión...

—Y por lo tanto no podía abordar esa temática, haber elegido un asunto que reflejara la obra de la revolución. ¡Entonces hubiera estado haciendo un panfleto! En cambio, escoger un tema como el de la vida nocturna en los cabaretuchos de la playa de Marianao... ¿cómo lo cataloga?

Saúl evadió una respuesta directa.

—Creo que la vida es muy amplia, muy diversa. Se puede hacer una película sobre la reforma agraria o sobre el Chori. Las dos serán igualmente válidas si están bien realizadas y las dos, en alguna medida, representarán a este país, a este pueblo. La reforma agraria es un hecho, el Chori otro. Yo escogí el segundo, eso es todo.

—Sí, eso es todo... con la única diferencia de que la reforma agraria significa el presente, la nueva sociedad que estamos edificando, más justa, más limpia; en tanto que el Chori no es más que la escoria del pasado, lo que hay que destruir y barrer.

—El Chori es un músico genial, y no es el pasado ni el presente. *Es* ya algo de Cuba, como su aire, o en el campo

175

artístico como Lecuona o como Amelia Peláez. Hay personas o hechos que están más allá de las circunstancias.

El funcionario esquivó un nuevo debate.

—No me refería a su persona, sino al ambiente en que él se desenvuelve y que con tanto placer usted ha estampado en su película—. Golpeó la cara del escritorio con las manos—. Pero en fin, veo que aunque nos pasemos el día entero hablando no llegaremos a entendernos.

—No, mucho me temo que no.

El funcionario se puso de pie para dar por terminada la entrevista.

—Bien, yo he tratado de explicarle el punto de vista de la Revolución respecto a su película. Usted no ha querido comprenderlo. Allá usted, es asunto suyo. Lo único que me queda por agregar, o por reiterarle, es que su película no será exhibida. La hemos visto, la hemos discutido y todos los organismos de cultura coinciden en que su mensaje es negativo, en que el tema que aborda está tratado de una forma parcial y nada revolucionaria.

—¿Por qué no deja que sean los espectadores, el pueblo, quienes decidan si mi película es o no... antirrevolucionaria?

—No saldría usted muy bien parado en la confrontación, se lo aseguro.

—Haga la prueba.

—No. No es necesario. Además, la decisión sobre su película ya está tomada.

—¿Se va a destruir la revolución por que el público vea mi película?

El funcionario sonrió desdeñosamente.

—Ni mil películas como la suya son capaces no de destruir sino ni de rozar a la Revolución.

Saúl esperó un momento y repitió:

—Haga la prueba.

'REY ESTACIONO SU CARRO DEPORTIVO, de dos plazas, convertible a la entrada del edificio y guardándose la llave del motor en el bolsillo subió los peldaños flanqueados de arriates verdes. Su paso no era tan resuelto como otras veces, pero de todos modos cruzó el vestíbulo hacia los elevadores pisando blanda y ligeramente las losas de granito con sus mocasines de antílope. Con un movimiento de cabeza saludó a alguna gente sentada en los bancos y a la telefonista detrás de la pizarra. Apretó el botón del cuarto piso y mientras ascendía recostó la espalda contra la fría pared de metal de la cabina. Le agradó aquel contacto, como si le produjera un pequeño alivio. Salió a otro vestíbulo, igualmente de suelo pulido y brillante, pero en el que no había nadie. Pasó a un corredor y dobló a la derecha para desembocar en la oficina de *Renovación*.

Lo vieron entrar en silencio y en silencio sentarse en la butaca giratoria, frente a su escritorio y de espaldas al ventanal. Un sol pálido, declinante, daba oblicuamente en los vidrios. No estaban haciendo nada, pero se encontraban regados por el salón, como esperando su llegada. Ahora se le acercaron, lo rodearon, fueron acomodándose a su alrededor. Rey los miró como ya una vez —¿meses, años, siglos atrás?— los había mirado: como a una manada de gatos hambrientos vigilando un tacho de basura. Sólo que ahora el tacho no contenía nada. Se echó hacia atrás agarrándose la nuca con las manos.

—Bueno, esto se acabó —dijo.

Por un momento el vacío zumbó como una mosca encima de sus cabezas.

—¿Tú crees? —preguntó Ovidio más tarde.

Rey viró los ojos hacia él.

—¿No lo oíste por ti mismo?

Ovidio carraspeó para limpiarse la garganta.

—Sí... pero todavía la Asociación de Escritores no está formada. Hay que celebrar primero el congreso, y en lo que se celebra y se forma la Asociación muchas cosas pueden pasar.

—Lo único que va a pasar es que *Renovación* va a pasar a mejor vida —dijo Rey enderezándose y a pesar de todo disfrutando de la oportunidad que le daba Ovidio de hacer un juego de palabras.

Ladinamente Alberto preguntó:

—¿Ya hablaste con Francisco?

Rey movió la cabeza afirmativamente.

—¿Y qué opinión tiene él de todo esto?

—La misma que yo: que hay que ir buscando un epitafio para la revista.

—Eso no será difícil —comentó Pedro Luis—. Cualquiera sirve. 'Que haya un cadáver más, qué importa al mundo.'

—Bueno, pero teníamos que defeder la película —saltó repentinamente Orestes—. No íbamos a permitir que la prohibieran así como así...

—La película no tuvo nada que ver —dijo lenta y seriamente Rey.

—Sí, sólo fue un pretexto —asintió Ovidio.

—Más que un pretexto fue un balón de ensayo, una especie de conejillo de Indias —volvió a sentar Rey con igual demora en sus palabras.

—Detrás de la prohibición —encontró de nuevo el respaldo de Ovidio, un tanto declamatorio— ya había, por parte de cierta gente, la intención de imponer sus criterios estéticos y políticos.

—Y de liquidarnos a nosotros —añadió Orestes—. No nos tragan. Ni a nosotros ni a la revista.

—Porque somos más artistas que ellos —aseguró Pedro Luis.

—El fantasma del estalinismo, que aunque muy borroso

todavía, ya empieza a asomarse en el horizonte —dijo Ovidio volviendo a ser sentencioso.

Todo había salido a relucir en la reunión con el Uno, que convocó a los escritores y a los artistas para debatir los problemas que se agitaban en el campo cultural. Y en cierta forma, *Renovación* fue el eje de la polémica, pues en muchos de sus redactores y colaboradores había comenzado a evidenciarse un franco recelo hacia los organismos de cultura creados por el gobierno. Vislumbraban en ellos, si bien todavía en ciernes, instrumentos que amenazaban la libertad de creación y que de prosperar acabarían estrangulándola. La primera señal de peligro había sido dada por la censura impuesta a aquel insignificante documental.

—Quizás no debimos ir —dijo veladamente Orestes.

—¿Estás loco? —se alarmó Ovidio—. Teníamos que ir de todas maneras. La reunión estaba convocada por el gobierno. Si no vamos, tal vez hubiera sido peor.

—¿Peor? ¿Qué puede haber peor que esto?

Ovidio fue a replicar, pero Rey se lo impidió.

—Es una discusión bizantina —dijo—. Yendo o no yendo habría pasado lo mismo.

Fue una de las reuniones más intensas y prolongadas que se hubieran efectuado en los medios intelectuales desde el triunfo de la revolución. Por espacio de tres semanas, en tres sesiones sucesivas, los escritores y los artistas habían dialogado entre sí y con altos dirigentes del gobierno.

—¡Qué clase de canalla nos salió Alvaro! —exclamó de pronto Pedro Luis—. No le bastó con negarse a firmar la carta de protesta contra la censura de la película sino que en la reunión se puso abiertamente de parte de nuestros enemigos. Y tú que confiabas ciegamente en él. ¡Aprende, Rey! ¡Ciego te vas a quedar! Cría cuervos y te sacarán los ojos.

Rey guardó silencio.

—Es un traidor —dijo sordamente Ovidio.

—Sí, tú también lo defendiste —Pedro Luis volteó agriamente la cabeza hacia él—. Siempre considerándolo un gran poeta... nuestro Rimbaud —dejó escapar una amarga risa—. ¡Nuestro Judas!

—A mí nunca pudo engañarme —se vanaglorió Orestes—. Yo sabía que era un oportunista, un arribista. Se le veía por encima de la ropa. Siempre queriendo lucirse, ser el cerebro del grupo... Si hasta en la propia reunión tuvieron que mandarlo a callar porque quería hablar más que nadie, cogérsela para él solo.

Sí, se había polemizado intensamente, se discutieron temas y problemas ajenos al que había motivado la asamblea; cada cual procuró pulir sus mejores armas ideológicas para hacerlas brillar en los choques y, como era inevitable, hubo cierto derroche de retórica, de palabrería hueca.

—Qué más da —dijo Rey apagadamente—. Nada de eso tiene ya importancia. Lo que importa es que fuimos derrotados y que esa derrota significa la clausura de la revista.

El Uno fue tajante desde el inicio: 'Yo creo —había dicho con la energía que lo caracterizaba— que aquí se ha insistido un poco en algunos aspectos pesimistas; creo que aquí ha habido una preocupación que va más allá de cualquier justificación real sobre este problema. Casi no se ha insistido en la realidad de los cambios que han ocurrido con relación al ambiente y a las condiciones actuales de los artistas y los escritores —buscaba una aprobación y un elogio de su política cultural que no había sido manifestada por los asambleístas y era claro que ello le molestaba—. Comparándolo con el pasado es incuestionable que los artistas y los escritores no se pueden sentir como en el pasado, y que las condiciones en el pasado eran verdaderamente deprimentes en nuestro país para los artistas y los escritores —ahora parecía querer recordarles su falta de agradecimiento, su ingratitud—. Si la Revolución comenzó trayendo en sí misma un cambio profundo en el ambiente y en las condiciones, ¿por qué recelar de que la Revolución que trajo esas nuevas condiciones para trabajar pueda ahogar esas nuevas condiciones? ¿Por qué recelar de que la Revolución vaya precisamente a liquidar esas condiciones que ha traído consigo?'

—Parece que tú sospechabas lo que iba a ocurrir —insinuó Alberto.

Rey lo miró vivamente.

—¿Por qué? —preguntó enseguida.

—Porque hubo que sacarte de la cama para que fueras.

El semblante de Rey cobró su aspecto habitual.

—Estaba enfermo —dijo.

Como hurgando en una llaga, el Uno dijo: 'En el fondo, si no nos hemos equivocado, el problema fundamental que flotaba aquí era el problema de la libertad para la creación artística.' Insistió en el punto agregando algo supuestamente detectado por él: 'Había ciertos miedos en el ambiente y algunos compañeros han expresado esos temores.' Mediante un hábil método cuestionador, impuso su punto de vista: '¿Cuál debe ser hoy la preocupación de todo ciudadano? ¿La preocupación de que la Revolución vaya a desbordar sus medidas, de que la Revolución vaya a asfixiar el arte, de que la Revolución vaya a ahogar el genio creador de nuestros ciudadanos, o la preocupación de todos no ha de ser la Revolución en sí misma? ¿Los peligros reales o imaginarios que puedan amenazar el espíritu creador o los peligros reales que pueden amenazar a la Revolución?' —Ciertamente era una forma astuta de anular todo cuestionamiento, de acallar cualquier discrepancia: bastaba poner en peligro a la revolución, de la que se había hecho una entelequia.

—Quizás Fabio tenía razón... —dijo Orestes, que no terminó la frase, dicha como casualmente.

—¿En qué? —se interesó Pedro Luis.

—En que fuimos demasiado lejos, nos extralimitamos...

Se hizo un silencio.

—Ninguno de nosotros sabía lo que era una revolución —quiso disculparse Alberto.

—Bueno, ya lo sabemos —concluyó Ovidio.

—No —objetó Rey—, todavía no lo sabemos. Estamos al comienzo. Es ahora que empezamos a conocerla.

El Uno retomó el punto crítico advertido por él mismo: 'Permítanme decirles, en primer lugar, que la Revolución defiende la libertad: que la Revolución ha traído al país una suma muy grande de libertades; que si la preocupación de alguno es que la Revolución vaya a asfixiar el espíritu creador, esa preocupación es innecesaria, esa preocupación no tiene razón de ser.' Aquella declaración terminante, definitiva, levantó una salva de aplausos; aplausos que volvieron a resonar cuando a la pregunta de si esa duda, la de que la Revolución fuera a asfixiar la libertad de creación, podía planteársela un intelectual verdaderamente revolucionario, se respondió: 'Yo considero que no, yo considero que el campo de la duda queda para los escritores que sin ser contrarrevolucionarios no se sienten tampoco revolucionarios.' Sin duda alguna fue un golpe de mano maestro: sin herir a los moderados, halagaba en su más vulnerable vanidad a los que eran, se consideraban o querían ser radicales para estar de acuerdo con las circunstancias, con el convulsionado presente . Su capacidad dialéctica, de asambleísta, puesta a prueba desde su no tan lejana juventud, se exhibía airosa una vez más. Y como un diestro que remata una faena ejemplar, concluyó exponiendo que para él 'el artista más revolucionario sería aquel que estuviera dispuesto a sacrificar hasta su propia vocación por la Revolución'.

—¿Todavía está asilado? —preguntó Alberto.

Pedro Luis arqueó las cejas:

—¿Quién?

—Fabio.

—No sabía que estuviese asilado —dijo Pedro Luis tras una pausa.

—Sí, desde Girón.

—¿En qué embajada?

Respondiendo a un escritor católico que le había demandado concretamente si él podía escribir un libro desde el punto de vista de su fe religiosa, si la revolución le concedía el derecho a expresar y defender sus creencias, optó por una respuesta sesgada, indirecta: '¿Cuáles son los derechos de los escritores y los artistas, revolucionarios o no revolucionarios?' —se preguntó para contestarse enseguida y enfáticamente: 'Dentro de la Revolución todo; contra la Revolución, ningún derecho.'

Era una fórmula salvadora, milagrosa, tan remitida a las alturas que en el ánimo del escritor católico flotó esta cuestión: '¿Y qué es dentro de la revolución, y qué contra la revolución? ¿Quién define lo uno y lo otro? ¿A quién le tocará decidir, quién se encargará de hacerlo? Lo único preciso de su sentencia es su imprecisión.'

—¡Esto parece un velorio! —exclamó súbitamente Pedro Luis—. Nos sacamos las palabras con tirabuzón.

Orestes meneó la cabeza de arriba a abajo:

—Porque lo es —dijo—. Asistimos a nuestros propios funerales. Casi un privilegio de dioses.

Ovidio hizo crujir su silla.

—¡Tonterías! —gruñó irritado—. Aquí no hay más que un cadáver: la revista. Los demás estamos vivos y vamos a seguir viviendo. Métanse eso en sus cabezas. No somos una corte de difuntos.

De todas maneras, Orestes fijó una mirada burlona en Rey y dijo solemnemente:

—El rey ha muerto, ¡viva Rey!

Como un real soberano, Rey agradeció la manifestación de lealtad declinando la cabeza imperialmente. Luego se empinó en su butaca giratoria:

—Quiero que mis exequias tengan lugar a orillas del Támesis —decretó.

De los derechos y no derechos de los intelectuales, pasó a su aplicación pragmática, casi jurídica: las relaciones entre los organismos de cultura y los creadores. '¿A quién tememos? —cuestionó como si él también estuviera implicado en la amenaza—. ¿Qué autoridad es la que tememos que vaya a asfixiar nuestro espíritu creador? ¿Es que tememos a los compañeros del Consejo de Cultura? En las conversaciones tenidas con los compañeros del Consejo de Cultura hemos observado puntos de vista y sentimientos que son muy ajenos a las preocupaciones que aquí se plantearon acerca de limitaciones, dogales y cosas por el estilo impuestas al espíritu creador.' Y defendiendo vigorosamente, desde un punto de vista político principalmente, la necesidad de la existencia de un organismo superior de cultura, agregó: 'Es un deber de la Revolución y del Gobierno contar con un órgano altamente calificado que estimule, fomente, desarrolle y oriente, ¡sí, oriente! —recalcó, y en su voz hubo un dejo de irritación—, ese espíritu creador. Lo consideramos un deber. ¿Y esto acaso puede constituir un atentado al derecho de los escritores y los artistas?'

La voz malhumorada de Ovidio volvió a aparecer:

—¡Basta de idioteces! —Se había puesto de pie y los barrió a todos con su mirada irritada—. ¿Será posible que ni en los momentos más serios nos portemos como personas mayores? En lo que hay que pensar es en la solución que va a tener todo esto.

—Yo no me siento ni aplastado ni derrotado —dijo Pedro Luis con aplomo y hasta con cierta arrogancia—. Aunque cierren la revista, siempre tendrán que contar con nosotros. No pueden eliminarnos así como así. La cultura no puede ser barrida con un discurso. No olviden que se va a crear una asociación de escritores, y los escritores en este país somos nosotros.

Aludiendo al documental censurado, no ocultó su molestia porque en el curso de las intervenciones 'a veces ha parecido que se impugnaba ese derecho del Gobierno'. Y ya con franca arrogancia, a la vez que como un desafío: 'Y creo que ése es un derecho que no se discute.' Sentada esta premisa, este principio de autoridad, condescendió a explicar: 'Hay además algo que todos comprendemos perfectamente: que entre las manifestaciones de tipo intelectual o artístico hay algunas que tienen una importancia especial en cuanto a la educación del pueblo o a la formación ideológica del pueblo superior a otros tipos de manifestaciones artísticas. Y no creo que nadie pueda discutir que uno de esos medios fundamentales e importantísimos es el cine, como lo es la televisión. Y, en realidad, ¿pudiera discutirse en medio de la Revolución el derecho que tiene el Gobierno a regular, revisar y fiscalizar —pudo haber enfatizado también este último término, pero no lo hizo— las películas que se exhiban al pueblo?'

Orestes palmeó el hombro de Pedro Luis.

—Eres muy optimista —le dijo.

—¿Y por qué no? ¿No es verdad lo que digo? ¿Con qué otros escritores van a contar?

Espontáneamente, Rey le sirvió de relevo a Orestes:

—Generaciones van, generaciones vienen... —declamó.

Sorprendentemente, pues aún se le pensaba como un árbitro imparcial de justicia, tomó partido por la facción enemiga de *Renovación,* pasando sus componentes, para su pasmo, de acusadores a acusados. Las víctimas no eran ellos —ya que el secuestro del film era un ataque abierto a la revista y a sus posiciones—, sino los otros, la esfera del poder, los funcionarios, que ya empezaban a *orientar* la cultura:

'Es incuestionable un hecho: que pueden darse casos de esas luchas o controversias en que no existan igualdad de condiciones para todos. Eso, desde el punto de vista de la Revolución, no puede ser justo. La Revolución no le puede dar armas a unos contra otros. La Revolución no le debe dar armas a unos contra otros, y nosotros creemos que los escritores y los artistas deben tener todos oportunidad de manifestarse. Nosotros creemos que los escritores y los artistas, a través de su Asociación, deben tener un magazine cultural, amplio, al que todos tengan acceso...'

Posiblemente el resto del discurso se perdió en una bruma para los integrantes de *Renovación,* porque todos comprendieron que aquélla era una alusión dirigida rectamente contra su revista. En boca del Uno su cuestionamiento equivalía a su clausura.

'¿No les parece que eso sería una solución justa?'

Por toda respuesta, Rey le sonrió amargamente a Pedro Luis. Luego, levantándose, murmuró ambiguamente, mientras a su espalda se oscurecía el ventanal:

—Creo que ya no tenemos nada que hacer aquí.

ERA EL FIN, como una película cuya última secuencia acaba de proyectarse en la pantalla, pero que termina no con el beso glorioso del 'muchacho' y la 'muchacha', sino con un *long shot* de un joven cabizbajo, solitario en el gris atardecer, ante un sepulcro recién abierto. No obstante su tufo melodramático éste era el encuadre cinematográfico que le correspondía.

Rey puso en marcha su automóvil y se alejó de *Renovación*. A pesar de que el coche deportivo tenía dos plazas y a él le gustaba la compañía, ahora iba solo. Tomó la avenida de Rancho Boyeros —que luego fue de los Presidentes— hasta 23, y allí dobló a la derecha para buscar La Rampa. Al cruzar frente al parque que él había calificado como el más hermoso del mundo, le pareció envejecido, como entregado ya a la erosión no del tiempo sino de la historia e invadido por gente que no le recordaba en nada a las jóvenes que él había entrevistado el día de su inauguración. Estacionó frente al Retiro Médico, pero no subió a su apartamento. Era noche ya y las luces del alumbrado público —esas luces frías, blancas, irreales— estaban encendidas. Lo estaban también los letreros lumínicos de los clubes que bordeaban las aceras y que él, sin esfuerzo, podía describir minuciosamente uno por uno. Su noche. Rey caminó sobre ella y echó a andar calle abajo, deslizándose por la ligera pendiente que, como un río, iba a desembocar en el Malecón.

¿Qué había pasado? Sencillamente que esta noche y estos ya recuerdos sobre los que marchaba ahora habían concluido. Por un momento él creyó que se prolongarían, que no habría fricciones —mucho menos enfrentamiento— entre la realidad y su imagen, quizás mejor su forma imaginaria. La literatura que ellos hacían, sus concepciones estéticas, la conducta que seguían: todo parecía estar en concordancia con la revolución. Ahora veía que no. Acababa de hacérsele cegadoramente transparente. Acostumbrado a jugar con las palabras, devoto del retruécano, a no respetar nada cuando lo atacaba lo que él llamaba el mal del fraude, la historia, el arte, la política se convertían en sus manos, cual los trozos de un rompecabezas que una vez armado no representaba nada, en un inagotable calembour. Una vez creyó que ellos, los de *Renovación,* eran tan revolucionarios en la esfera de la cultura como la revolución lo era en la social, pues de la misma manera que la revolución estremecía la estructura de la sociedad cubana, ellos, con su agresividad, desmoronaban el carcomido discurso intelectual de sus antecesores. Mas no estaban capacitados para el fanatismo y se había producido, inevitablemente, la fractura. Sin darse cuenta, inconscientemente, habían estado ayudando a configurar —otra vez como un rompecabezas, pero éste terriblemente representativo, significativo— un mundo en el que no tendrían cabida, del cual más tarde o más temprano serían expulsados o del que tendrían que desertar. Se distanciaban velozmente, como dos elementos irreconciliables, aun repelentes. ¿El poder y la gloria? En otro momento lo hubiese admitido, inscribiendo la pomposidad en el círculo de su inmensurada y fraudulenta egolatría; pero no en éste de afilada sinceridad. Todo era más simple y sin ninguna solemnidad en el actual fulgor. Se trataba llanamente de que amaba —amaban— una vida libre, alegre, confiada en la que las palabras policía, ejército, tortura, guerra, odio, violencia estuvieran abolidas; de que soñaba —soñaban— con un futuro en que la existencia dejara de ser un esquema de prejuicios y el hombre cesara de vivir entre el miedo y la esperanza: sueños y más sueños.

Entró a un cabaret y hasta la media noche estuvo oyendo el piano lento y agraviado de Frank Emilio. No buscó la compañía de nadie. A esa hora salió y se encaminó al departamento que ocupaba quince pisos por encima del nivel de la calle. Lo último que vio fue un cambio de guardia de milicias en algún lugar —tal vez en el ministerio que enfrentaba el cabaret, tal vez en la agencia de noticias ubicada en su propio edificio. Un hombre vestido con camisa azul, botas negras, pantalón y boina verde olivo —¿o era negra?— entregaba a otro hombre con idéntica vestimenta un fusil soviético R–2.